悪役令息なのに愛されすぎてます

今城けい

幻冬舎ルチル文庫

CONTENTS ✦目次✦

悪役令息なのに愛されすぎてます

✦イラスト・石田惠美

✦カバーデザイン＝久保宏夏
✦ブックデザイン＝まるか工房

悪役令息なのに愛されすぎてます

大学入学を機に住みはじめたワンルームのこの部屋は、いまでも最小限の家具しかない。質素な室内は、しかしべつだんそうあるようにと意識した結果ではなく、ただたんに無趣味がそうさせているだけだ。

中八木律《なかやぎりつ》。今年で二十五歳になった平凡な公務員。それが自分だ。

そのことを当たり前の事実として眠りにつき、昨日と変わらぬ朝を迎える。起きればまたありふれた一日が待っている。まだはじまってはいないけれど、それはもう決定事項のようなものだ。

しかし、いつとはわからないこの瞬間、眠っていたはずの律は突然大きな衝撃を身におぼえた。

「う、わっ」

全身が跳ねあがるほど激烈な感覚だった。反射的に身を起こし、喘ぐような息を洩《も》らす。そのあと何度かまばたきをして、まわりの様子を窺《うかが》った。

「え……?」

なんだかおかしい。感じたのはまずそれだった。なぜかはまだわからない。けれども胸のざわつきが教えてくれる。

なにか、いつもの夜とはまったく違っていることを。

薄闇《うすやみ》の中、律はとっさに枕元に腕を伸ばした。しかしそこにあるはずのスマートフォンは見つからない。しかも、手触りが記憶とことなる。自分のベッドはもっと狭くて、シーツはこんなにすべすべしていなかった。

「な、なんで」

かるくパニックに陥りながらベッドを下りる。とたん、足がなにかに絡《から》まって、つんのめって膝をついた。

自分を転ばせたのは、いま着ている服のせいだ。視線を落として、そのことに気がついた。

律は白く裾の長いネグリジェのようなものを身に着けている。

だけど、いつ着替えたのか。自分が普段に部屋で着ていたスウェットの上下はどうした。

混乱しきって、けれども必死に考えをまとめようとした直後、ひどい頭痛に見舞われた。

「い、痛い……っ」

頭を抱えてうずくまる。

これはいったいどういうことだ。もしかして、自分は病気にでもなったのだろうか。それで意識を失ったあと、病院に運び込まれた?

そこまで考えて、思い出した。

確か、先ほど目を覚ます前に自分は友達と会っていた。

幼馴染《おさななじみ》の茂雄《しげお》、律にとっては唯一《ゆいいつ》と言える親友。その彼と新宿《しんじゅく》で待ち合わせをして……それからなにをしていたのか。

頭の中がいまだにすっきりしないせいで、それ以上思い出せない。とにかくここが家じゃないなら、どういうわけか教えてほしい。

その思いに押されるまま、律は床から立ちあがると、ふらふらと歩きはじめる。

部屋の中は薄暗いが、隅のほうに灯《あか》りが見える。間接照明だろうけれど、広い範囲を照らすほどのものではない。

とにかく状況を確かめたい。照明のスイッチはどこなのか。

律は光の見えるほうに近づいていき、途中であるものに気がついた。

「……え？」

壁際になにか動くものがいた。光をはじいて輝くかたまり。ひとのように見えたそれに目を凝らして驚いた。

「だ、誰？」

相手は金髪の若い男のようだった。

病院に勤める看護師とは思えずに、律は戸惑いつつ問いかけたが、そこから返事は戻らない。おそるおそるさらに近づいてみたところ、その正体が呑《の》みこめた。

「鏡、だ」

金色の縁取りに飾られた鏡の面には金髪の青年が映っている。彼の着ている白く裾の長い衣服はシルクの艶やかさを持っていた。

思わず律は背後を眺め、そこに誰もいないことを見て取った。

いったいどういう仕掛けなのか。

もう一度眺めた鏡面に収まる彼は、大きな目を見ひらいて、こちらを見返している。

室内の灯りが充分でないために、やや鮮明さに欠けているが、相手は肩まである金髪に青い目をして、その顔立ちは申し分なくととのっている。

欧米のアイドルか、俳優並みの青年をそこに見出《みいだ》し、律はぽかんと口をひらいた。すると、相手もおなじような反応をする。まさかと思って手を振ると同様に。混乱しきって、律は鏡から目を背けた。

とにかく照明だ。まずは周りを明るくしてから、自分のスマホを探し出す。

しかし、普通なら壁面にあるはずのスイッチは見当たらず、そのうえ間接照明と思っていたところを見れば、どうやら本物の燭台《しょくだい》がつくり出す蠟燭《ろうそく》の光のようだ。

「誰か……誰かいませんかっ？」

もう完全になにがなんだかわからない。

律は必死に視線をめぐらせ、見つけたドアに駆け寄った。

「わ、っ」

しかし、ドアノブに手をやる前に、勝手にそこがくるりと回った。

直後にドアが押しひらかれる。と、そこに現れた光景に、律はおぼえず目を瞠《みは》る。自分の目の前にいるのは、ひとりの男。まだ若く、二十代の半ばだろうか。黒髪に黒い眸《ひとみ》は一見して日本人にも似ているが、しかしそうではないとわかる。彫りの深い顔立ちもその理由だが、なにより服装がまったく違う。まるで、中世を舞台にした映画の登場人物を思わせるいでたちで、しかもその腰には剣を提げているようだ。

「あの」

たまらず律が説明を求めようとしたときに、相手はそれをさえぎって言葉を発した。

「リアン・ロルフ・フォン・アンセルムだな」

聞くと言うよりも、断定する口調だった。意味がわからず、律は突っ立ったままでいる。するとと、男はそれ以上声を発さず、剣の柄《つか》に手をかけた。

「……っ！」

逃げたのは本能的な危機感からだ。とっさに身をひるがえし、けれども駆け出すまでいかないでうつ伏せに押し倒される。

「やっ！」

肩を手で押さえられ、腰に膝が乗ってくる。身動きできず、それでも律は必死になってあらがった。

「離してください！」

「暴れるな」

「いやっ。誰か、誰か助けて！」

じっとなんかしていられない。ただひたすらに手足を動かしつづけていたら、上から舌打ちが降ってきた。

「往生際の悪い。おまえも貴族と言うのなら、去り際くらい綺麗《きれい》にしたらどうなんだ」

「きっ、貴族って、なにを、いったい」

思いっきりじたばたしたので、すでに息が切れている。目覚めてからいまこのときまで、なにひとつ理解できない。それでも、自分の状況が最悪なことはわかった。

「やめてください、警察を呼びますよ！」

そのくらいしか思いつかず、必死になって叫んだら、相手はふと力をゆるめた。

「警察？」

その言葉に怯《ひる》んだのか。犯罪者と確信してぞっとしたが、いまこの瞬間がチャンスだった。

律は全力で身動きし、押さえる力を撥《は》ね退《の》けると、床を這《は》ってこの場を逃れた。

しかし、それもつかの間で、立ちあがる暇もなく、ふたたび肩を摑《つか》まれる。

「おい」

言いざまに律の二の腕を摑み直し、直後にひっくり返される。それで仰向《あおむ》けの姿勢になると、男は上から圧しかかり、こちらの顔を凝視する。まるで刺すような視線を向けられ、律は恐怖で固まった。

どうして自分はこんな目に遭っているのか。律はこの男と過去に会ったことはない。これまで一度も見た記憶がない。男が身に着けている黒い服は、律にしてみれば完全にコスプレの格好で、これが本当の出来事とも思えないし、相手の眼光の鋭さやその全身から吹きつけてくる黒い気配もあいまって、まさに悪夢のただなかにいるようだ。

「確かにリアン、そのひとだな」

男は律をしばらく見つめていたあとで、ひとつうなずいてそう言った。

「間違いない」

すっと目を細めたとたん、相手が身に纏《まと》っていたいかにも禍々《まがまが》しい瘴気《しょうき》がいっきに密度を増した。絶体絶命の状況と教えられなくても律にはわかる。

「ちがっ……違います」

言って、懸命に首を横に振ってみせる。しかし、相手の殺気は少しも減らなかった。

「違わない。おまえはここで死ぬ。ハーラルトが俺にそう命じたからな」

「ハ、ハーラルトって」

少しでも逃げ出す糸口を見つけようと声を絞った。

「恐怖で呆《ぼ》けたか。この国の王子殿下を知らぬわけではあるまいに」

「本当にっ、知らないんです」

「ごまかしても無駄だ。そんなふうにしおらしい顔をするのも」

いやもう無理無理。この男は怖すぎる。迫力がありすぎる。

「あのっ。僕がいったいなにをしたって」

この状況が質《たち》の悪いドッキリでないのなら、自分はこの男に殺される。だけど、わけもわからないまま死にたくない。

律が視線で必死に男に訴えると、相手は眉根に皺《しわ》を寄せた。

「この期《ご》におよんで見苦しいことだな。反省の色もないとは。噂《うわさ》どおりのお坊ちゃんというところか」

「おぼ、お坊ちゃん……噂って」

「しらを切るのならはっきり言うが、おまえはマリリン嬢を殺そうとした。それまでにもさんざん嫌がらせをしておいて、あげく学園の卒業式の当日に、彼女を階段から突き落とそうとしたんだ」

それを聞かされても律には納得できなかった。

「マリリンって友達なら知っていますが……学園の卒業式とか突き落とすとか、そんなの僕にはおぼえがないです」

「嘘をついても無駄だ。学園の生徒も関係者もおまえの所業は目にしている。おまえに突き飛ばされてマリリン嬢は階段から落ち、ついでにおまえも一緒に落ちた。ふたりが助かったのはマリリン嬢がその折に奇跡の力を奮ったためだ。だからこそ、ハーラルトは俺に断罪の命《めい》を下した。あの一件で、マリリン嬢が聖女とわかったからには、その決断はひるがえらぬとわきまえろ」

男が剣を持ちあげる。次に振り下ろされれば、自分の胸はおそらく刺し貫かれるだろう。

「だ、誰かっ……助けてっ」

「誰も来ない。おまえのせいでアンセルム侯爵《こうしゃく》夫妻は王宮内に軟禁中だ。この館《やかた》の者たちも謹慎を言いつけられているからな」

男の口調は静かだが、確固とした意志が感じられる。

「最期に言いたいことは」

男は馬乗りになっていた律の上で身を起こした。そうして剣を鞘《さや》から抜き、白刃《はくじん》をきらめかせるから、律の心臓が凍ってしまう。

この男は本気なんだ。本当に自分を殺すつもりでいる。

だけど、なぜ。そう思ったら、腹の奥から火花のようなものが生まれた。

「僕は、なにもしていない」

そうだ。なにもしてこなかった。悪いことも。特別にいいことも。善人と言うほどのものではないが、殺されるほどの悪事をはたらいたおぼえはない。

「しらばっくれても無駄だ」

「でも本当に」

「では言うが」

男が剣を持ちなおし、刃《やいば》の切っ先を律の胸に突きつけて口をひらく。

「マリリン嬢を殺そうとしたのは嘘だと？」

「そっ、そうです。誤解です」

「はっ。おまえは嘘つきだ。自分が学園の大階段から突き落とした相手を知らない？」

しかもそれはつい昨日の出来事なのに。男が冷たい目をして告げる。そして、剣を握る手に力をこめた。

「言い残すことがないなら、これで終わりだ」

「ま、待って」

無我夢中で律は返した。

「僕のスマホを返して」

「スマホ？」

男は少し不思議そうに問い返した。

「それで終わりか」

「まだある」

さっき腹に感じた火花が急に大きくなるのを感じる。

「スマホを返して。それで電話をかけるから」

言うと、さらに熱感が増してきた。

「警察に電話をかけて、おまわりさんに来てもらう。それで、僕がどうして死ななきゃならないか教えてもらう。僕の言い分が間違ってるかどうか、はっきりとさせるから」

理不尽《りふじん》だ、と心の中で大きな声が叫んでいる。ここがどこで、男が誰か自分は知らないだけど、こんなわけもわからない理由で殺されたくはない。

生まれて初めておぼえた感情に突き動かされ、律はつかの間恐怖を忘れて声をあげる。

「僕はこれまでどこの誰も突き落としたおぼえはないんだ。マリリン嬢なんて僕は知らない。あ、いや、知り合いにそういうのはいるけれど、学園なんかに通ってないから。あいつとは幼馴染で親友で、ここで目が覚める前に……」

そうだ。思い出した。このとき律の頭にかかった靄《もや》が薄れ、その場面がはっきりとよみがえる。

「新宿駅で待ち合わせてた。仕事終わりに。あいつにどうしても聞いてほしいことがあって。それであいつと落ち合ったあと、交差点を渡ろうとして」

そのあとなにがあっただろうか。律は自分の記憶を探る。

横断歩道の途中まで行ったとき、誰かの『あぶない』という叫びが聞こえた。それから……。

そこまで思い出し、律はハッと目を見ひらいた。自分に刃を突きつけていたこの男が、いきなり顔を歪《ゆが》めるや、自分の頭を押さえたからだ。剣を持たないほうの手が男のこめかみから黒髪に当てられて、剣を持つ手はぶるぶると震えている。

一瞬茫然《ぼうぜん》とした律は、いまのうちだと逃げようとしたけれど、腿《もも》の上に乗せられた男の体躯《たいく》を撥ね退けられずにむなしく上体が躍るばかりだ。

「警察……おまわりさん……新宿駅、交差点」

苦しげな表情で男がつぶやく。

理由は知らないが、相手が怯んだその言葉に律は飛びつく。

「そうだよ。警察、おまわりさんをここに呼んで。そうしたら僕は違うとわかるから」

言うあいだも男はひどく苦しそうだ。剣を握る手はいまはだらりと下げられている。

一瞬剣を奪おうかと思ったけれど、相手には勝てそうもない。下手に刺激して刺されるのも怖く、律は祈る気持ちになって男の様子を窺った。

「おまえは、誰も突き落としたおぼえがない」

ややあってから、独り言の調子でつぶやく。ここぞとばかりに律は必死にうなずいた。

「そうです。僕はそんなことはしていない」

男は顔をしかめたままだ。頭がひどく痛いのだろうか、額《ひたい》に薄《うっす》ら汗が滲《にじ》んでいるようだ。

律にとっては永遠かと思えるほどの長い時間が経《た》ったあと、男は大きく息を吐いた。

「わかった」

そうして、彼は唇を引き締めたのち、持っていた剣先を持ちあげる。

ついに殺されるのかと声も出せずに顔面を強張《こわば》らせた律だったが、男はその先をめぐらせると、鞘の中にそれを納める。直後に体重を感じさせない身ごなしで立ちあがった。

「では、行こう」

意味が摑めず、こちらに伸ばされた男の手を律は茫然と眺め返した。

「助かったとは思うなよ。おまえの嘘があらためて証明される、それまでの命だからな」


男に連れていかれたのはとてつもなく豪華で大きな建物の中だった。

馬車に乗せられ、護送（としか言いようがない）されて来るあいだ、男はむっつりと押し黙ったままだった。

いっときは言葉で男にあらがってみたものの、それ以上はどうすることもできないし、逃げる算段もつかなかった。

せめてこれが夢だったらと馬車に乗っているときにそっと頰をつねってみたが、目の前の光景は少しも変わらず、ただ痛いだけだった。

いま律は男と似たような外出着に着替えている。ひとまず剣を引いた男が屋敷の召使を呼びつけて、着替えをさせたからだった。

そうして息が詰まるような時間を過ごし、ようやく馬車から降りたものの、事態はあまり良好とは思えない。

着いた先はとてつもなく広く豪華な建物の前だったが、当然ながら律にはまったく見おぼえがない。

「ここは、どこです?」

「黙っていろ」

ふたりが来ることはすでに連絡済みらしく、入り口で出迎えた中年男を先導に律は剣呑《けんのん》な気配をただよわせる男とともに広い玄関ホールから長い廊下を進んでいく。

なにもかもわからないまま律はひたすら足を運び、やがて巨大な扉をくぐった。内部はこれまた大きな広間で、これまでふたりを先導してきた中年男はそこで彼だけが立ちどまる。そうして先に行くように手振りで示した。「あの」

困惑して律が言いかけるのを、隣の男がさえぎった。

「前に進め。申しひらきがあるのなら、いまここですればいい」

うながされて、ひとまず言われたとおりにすると、ふたりを待ち構えていた男女の近くに行き着いた。

律の正面に立っている若い男はこれまた中世貴族のコスプレ姿で、横の彼女も艶のある金髪がよく映えるピンク色のドレスを着ている。フリルとレースに飾られた彼女の衣装は美しく、ドレスのことなどわからない律の目にも感嘆するほど手の込んだものだった。

しかし、そちらに視線を奪われたのもつかの間、自分にとって剣呑な状況が悪化したと気がついた。

広間の両脇に目立たないように控えているのは、いずれも剣をたずさえた男たちだ。まるでゲームに出てくるような騎士姿の連中が律のほうを注意深く見つめている。

ここで自分が回れ右で逃げ出したらどうなるか。ちらりと考え、律は早々にあきらめた。そうしてさらに重苦しい気持ちのまま自分の足元に視線を落とせば、栗色の髪をした若い男が問いかける。

「グレンフォール。おまえ、なぜこいつをここに連れてきた」

きつい口調に反射的に顔をあげる。

見れば、仁王立ちの若い男は、こちらのほうをすごい目つきで睨《にら》んでいた。

「この者には不審な点があったから、その詮議が必要と判断した」

「よけいなことだ。すべての判断は俺がする。おまえは俺が言ったことをすればいい」

言ったこととは、つまり自分を殺すという?

ぞっとしつつ、律はあわてて口をひらいた。

「あの。これにはなにか間違いがあるんじゃないかと」

「黙れ！」

鞭打つような叱声に律の身体が固まった。

「話など無駄なことだ。目にするだけでも忌々しい。すぐにここから立ち去らせろ」

この場から追っ払われる。そうと悟って、律の危機感がいや増した。

さっき自分の隣の男は申しひらきがあるのなら、と律に言った。つまりこの正面の若い男は律を断罪する存在だ。名前は、えっと、ハーラルトで……確か王子殿下と言ってた。

考えろ。言いわけしろ。ここをなんとか切り抜けるんだ。

「その。待ってください。あなたはハーラルト殿下ですよね。どうも大きな誤解があるように思うんです。僕の話を少し落ち着いて聞いてもらえないでしょうか」

「この俺に指図するのか」

殿下のこめかみがぴくぴくしている。これは完全に虎《とら》の尾を踏んでしまった？

「この国の王子であるこの俺に？　さすが身の程知らずに聖女様に手をかけたリアンだけのことはある」

「えっと。だからそのリアンと言うのは僕ではなくて」

「黙れ。痴《し》れ者め」

大音声《だいおんじょう》で律の弁明を切って捨てると、殿下は「グレンフォール」とさらに怒鳴った。

「重ねて言う。なぜこいつを連れてきた。まさかこの俺をわざと愚弄《ぐろう》するつもりでか」

音が鳴るほど踵《かかと》を床に打ちつける。対して黒衣の男のほうは冷静だった。

「俺も重ねて伝えよう。この者が言うことに不明の向きがあったから、判断を求めに来た」

殿下は相当怒りっぽいし、部下だろう隣の男はそれにしては恐れ入る様子がない。そんなことを一瞬頭に浮かべたが、いまの律にはそれ以上の余裕はなかった。

「そうなんです。おかしいんです」

律は前のめりで口をはさんだ。

「よかったら、警察とかそういうものをここに呼んでくれませんか」

言ったら、殿下の脇にいる女のほうが目を瞠る。

「事情を聴いて仲裁してくれるところならどこでもいいです。僕はマリリンというひとを階段から突き落としてはいないので」

「嘘をつくな！」

血相を変えた殿下がものすごい剣幕で罵《ののし》ってくる。

「そんな馬鹿馬鹿しい言い訳で切り抜ける気か。リアン、おまえの厚顔無恥には呆《あき》れるぞ」

あまりのいきおいに律は肩をすくめてしまった。

「グレンフォール。これはおまえの失態だぞ。マリリン殿の前にふたたびそいつを晒《さら》すとは。

しかも、聞き苦しいことばかり。これ以上は俺たちの目と耳の汚《けが》れになる」

そうして殿下は隣の女に腕を差し出す。

「さあまいりましょう。マリリン殿。これ以上は無用です」

しかし、彼女は相手の腕を取らないで、金髪に飾られたちいさな頭を斜めにした。

「警察と聞いたように思いましたが」

不思議そうな表情だった。

「ハーラルト殿下。もし差支えないようでしたら、リアン様にいま一度お聞きしてもよろしいでしょうか」

「だが」

「お願いでございます。どうしても気になって」

殿下は彼女に言い返しかけ、そのあとあらためて口をひらいた。

「……わかった。聖女様のたっての願いであるのなら」

だが、決定は覆《くつがえ》らないぞと言いおいて、殿下は両腕を組んで待つ。彼女は律に向き合うと、真剣な面持《おもも》ちでピンク色の唇を動かした。

「あの。勘違いかもしれませんが、リアン様は昨日まではずいぶん雰囲気が違うような」

これをおいて釈明する機会はない。律は即座にうなずいた。

「そうです、違います。だって、僕はリアンではないんですから」

「いい加減な」

「では、誰ですの」

舌打ちせんばかりの殿下をさえぎって彼女が問う。律は身を乗り出して、

「僕は中八木律です。東京の大学を出て、区役所勤めの二十五歳。ごく普通の庶民です。理由はわかりませんが、目覚めたらこんな姿になっていて」

言いたいことを途中で邪魔されないように、そこまでをいっきに述べた。

「中八木、律？」

「はい」

彼女は目蓋《まぶた》をぱちぱちさせた。

「東京の大学とは？」

問われるままに出身校の名を告げる。聞いて、彼女は両眉を引きあげた。

「目覚める前になにをしていましたか？」

「あ。それは新宿駅で友達と待ち合わせをしていたんです」

「その友達の名は？」

「茂雄です」

とたん、彼女が目を剝《む》いた。

「ちょ、茂雄って言うなって言ったでしょ。アタシはマリリン！」

え、とこの場の全員が驚いた顔をする。直後に彼女が「おほほ」と口元を隠しつつ笑ってみせると、衣擦《きぬず》れの音をさせつつ律のほうに近寄ってくる。

「マリリン殿、いけません」

あわてたふうに殿下がいさめる。しかし、彼女は頓着《とんちゃく》せずに律のすぐ傍《そば》まで来ると、ごく低く言ってくる。

「ちょっと、そのツラ貸しなさい」


まもなく律は館の中庭に場所を移した。ここに至るまで結構揉《も》めたが、マリリンを案じる殿下を彼女自身が押しきったのだ。最初は律と話をするのを個室でと主張したが、殿下に強く止められて、彼女はならば庭園でと主張した。

ここなら殿下や護衛の騎士の目も届く。マリリンから上目遣いにそう言われ、しぶしぶ殿下は承知して、少し離れたところから護衛の騎士を引き連れてこちらの様子を窺っている。

「ほら。ぼさっとしてないで、あっちの連中に背を向けて。アタシは扇で口元を隠すから」

「あ、はい」

言いつけどおりにしながらも疑念を表情に浮かべていたのか、まるで童話のお姫様みたいな彼女は聞かれる前に答えてくれる。

「ないとは思うけど、いちおうね。読唇術を使えるやつが交《まじ》っていたら面倒だから」

なるほどとうなずきはしたけれど、頭の中はそれ以外に知りたいことでいっぱいになっていた。

「あの、どうして僕を。それにあなたは」

違うとは思うけれど、聞きたい気持ちに耐えかねて律がおずおず切り出すと、相手はぼそりとつぶやいた。

「なんでここに」

「はい？」

「四年も経ってから、なんでリッツが突然来るわけ？」

「なんでって」

言いさして、律はハッと目を瞠る。

その呼びかた。自分をそう呼ぶのは茂雄だけだが、目の前のこのひとはあいつとは違いすぎる。

そもそもあいつは男だし、柔道でインハイ優勝を決めた身体《からだ》はがっちりしていて、身長も自分より高かった。

それにくらべてこちらの彼女は、綺麗な金髪に可愛い顔立ち、ピンク色のドレスが文句なく似合っていて、身長もヒールの靴を履いていて律とほぼおなじだった。

見た目だけなら両者に共通点はない。が、思い返せばあいつはピンクのフリフリドレスが大好きだったし、心は乙女そのものだった。だからこそ、高校卒業後は立派なオネエとして新宿デビューを飾ったわけで。そして、そこでの源氏名がマリリンで、いまここにいる彼女もそっくりおなじ名前。

そこまで考えて、律はあらためて彼女とその周りに広がっている薔薇《ばら》の庭園に視線をめぐらす。

今朝からの律にとっては恐怖の場所だが、こんなふうにおとぎの国感満載の状況は、たしかにあいつが好きそうだ。そういえば、前にもちょくちょくそんなドリームを語ってはいなかったか。豪華絢爛《けんらん》なお城や衣装とか、素敵な王子様に愛されるヒロインとか。

「えっと。まさか、とは思いますが。もしかして、ひょっとして、あなたがマリリン……なんてことはないですよね。その。僕の友達の」

恐る恐る律は聞いた。違うと言われるのを予想しつつ。しかし、彼女は一拍あってから重重しくうなずいた。

「え。ほんとに？」

肯定されるとかえって思考が追いつかない。呆然《ぼうぜん》としていると、彼女は扇で口元を隠したまま話しはじめた。

「アタシもさ、この世界で目覚めたときにはびっくりしたのよ。このアタシが十六歳の女の子になってるなんて」

まだ驚きを残したまま、自動的にうなずいた。それではやはり、この人物はあいつなのか。

「アタシのところは貧乏な男爵《だんしゃく》家でね、それでもなんとか貴族の端くれとしてこの国の王立学園に入学したわけ。ほんとは十三歳から入学可能なんだけど、お金の都合がなかなかつかなかったから」

「なるほど」

「もちろん最初は身分の高いグループには入れない。だけど、ほら。アタシって、健気《けなげ》で可憐な美少女じゃない。周りがほっとけなくなって、好感度がどんどんアップ」

「お、おぉ」

自分自身でこれを言ってのけるのは健気で可憐なのだろうか。そんなところは変わらないなあと思っていれば、相手は陽光に輝く髪をかるく振って話をつづける。

「実家がぱっとしないからって陰口を叩かれたり、いじめられたりもしたんだけど、そこはヒロインパワーよね、助けてくれる人達にはわりと事欠かなかったの」

とは言え、結構苦労していたんだな、と律は心配になって問う。

「えと。ヒロインパワーはわからないけど、いまはいじめられてない？」「うん。大丈夫」

「そうなんだ。よかったね」

素直な気持ちでそう言うと、なぜか彼女は微妙な顔をしてみせた。

「んんっと。まあそんなでこの国の王子様のお目にとまったたってわけよ」

「それって、あの彼？」

思わず振り向くと、険しい顔でこちらを睨んでいる様子がわかる。律は急いで姿勢を戻した。

「あのひととつき合ってる？」

マリリンは扇を大切にしていることは、いままでの言動から理解できる。だからそう聞くと、マリリンは扇で顔をパタパタあおぎ、やっぱり微妙な顔をした。

「う～んと。まあそう。まだ婚約者じゃないけどね」

「あのさ。茂雄、ってかマリリン」

「なあに」

「これまでの話を聞いててわかったけど、マリリンと僕とはこの世界で目覚めたタイミングが違うんだよね？」

「うん」

「どうして四年もずれが生じているんだろう」

「それはちょっと……わからないわね」

ふたりして首を傾《かし》げ、ややあってから律は本題を口にする。

「まあ、いま考えてもわからないことは置いとくとして。マリリンは、あの殿下と親しい仲だろ」

「うん。まあね」

「だったら、結構意見が通る感じだよね」

この庭に来るまでのやり取りを思い出しつつそう言った。はたして彼女は「そうね」と同意してくれる。

「アタシが聖女様だってわかったからなおさらかも」

聖女様って？　律は聞きかけて、本筋に切り替えた。

「だったらさ、僕を無罪放免にしてくれないかな。なんだかいまの状況って、すごくまずいとしか思えないし」

オーケイと言ってほしくて、目線でも訴える。しかし、マリリンは眉の間に皺を寄せた。

「それがねえ、そう簡単にはいかないのよ」

「え。なぜ」

「だって、あんたは悪役令息なんだもの」

「はあ？」

「だから、そういう役回りなの」

そのあと聞かされた説明は律を驚愕《きょうがく》させ、打ちのめした。

「乙女ゲームの世界って、なんだよ、それ」

「アタシも最初は疑ってたのよ。そんなことが本当にあるのかって。だけど、転生前にアタシが好きでやってたゲーム。それに瓜《うり》ふたつなんだもの」

「て、転生」

ということは、自分は前の世界で死んだ？

信じたくなくて、律は両手で自分の顔を覆ってしまった。

「冗談じゃない。なんだって、そんな羽目に」

呻《うめ》いてから、律はのろのろと面《おもて》をあげる。

「僕もマリリンも転生したってことは、どっちも、その。あれなんだよね」

死んだとは言葉にしづらく、律はぼかして問いかけた。

「原因は？　マリリンはおぼえてる？」

「はっきりとは。交差点を渡ってたから、たぶん事故かなにかじゃない」

「そっか。僕もその程度しか思い出せていないんだ」

知らずうなだれてから、律はあわてて視線を戻した。

「それよりマリリン。もっと大事なことがあるだろ。話を逸らさず答えてくれよ」

「逸らしてないわよ。あれこれと聞きたがったのはあんたでしょ」

「あ、ごめん。だけど、これが本気の本題。なんで僕を無罪放免にできないんだ。僕はなにもしていないだろ」

マリリンは「う」と洩らしてから、うなずいた。

「そうね。確かに。あんたはなんにも悪いことなんかしてないわ」

「だったら」

「だけど、リアンはしてたのよ」

「リアンって」

頬を強張らせて律は言った。今朝がたあの男に襲われた情景が頭に浮かんだからだった。禍々しい気配を纏ったあの男は自分をリアンと呼んでいた。

「だから、悪役令息のリアンよ。彼はアンセルム侯爵のひとり息子で、ちょっと性格に難ありなのよ。かなり我儘《わがまま》で、なんでも自分の思うとおりにならないと気が済まないタイプでね。アタシのことは目の敵《かたき》」

「どうして」

嫌な予感しかしないままに問いかけた。

「ヒロインであるアタシのことがちょっぴり気になっていたみたい。だから意地悪で気を引こうとしてたのが裏目に出てね、周りから非難されるし、アタシも全然なびかないから、だんだん意地になってきて、やることがエスカレートしてきたの」

小学生男子だな、と感想を持ったものの、嫌な予感はさらにつのる。

「それで?」

「学園の卒業式とそのあとのパーティがある、つまり昨日よ。リアンはアタシが来るのを大階段のてっぺんで待ちかまえてて。ハーラルト殿下に婚約を申しこまれても辞退しろって命令したの」

「それで、断られたから逆上して突き飛ばした」

同意のしるしに、マリリンは両肩をすくめてみせた。律はなんともいえない気分で言葉を継ぐ。

「そこ、僕をここまで連れてきた男が言ってた。一緒にリアンも落ちたって」

「そうね。あと、きっとそのときにリアンが、あれで。結果リッツがその身体に入ったのかも」

「奇跡の力って聞いたけど」

「うん、そうね。アタシ、あのときに聖女の力が覚醒したから。そこはシナリオどおりなの。それでリアンは身体だけ無事」

「なんて中途半端な……」

律は頭をかかえてしまった。聖女パワーを発揮するなら、最後まで面倒見てくれればいいのに。そのために律が知らない身体に入り、事の流れでこんな窮地に。

「じゃあ僕がリアンの身体に収まったのもシナリオどおりってわけ？」

苦い気持ちでこぼしたら、マリリンが「ううん」と返す。

「本来の流れだと、リアンは意識不明になって、自分の屋敷に戻されはしたんだけど寝たきりの状態がつづくのよ。で、ゲームからはフェイドアウトしちゃうから、そのあとはわからないの」

「そんないい加減な」

律にしてみれば憤懣《ふんまん》やるかたない気分だったが、ゲームのシナリオと言うのなら、これもしかたがないのだろう。

「ヒロインとその周辺だけに光が当たる感じなんだ」

「まあそうね」

だから、リアンが翌日に目を覚まし、ハーラルト殿下に目どおりすることになったのには驚いていたと言う。

「思うんだけど、リッツが転生してきたから、少しシナリオが変更されたのかも」

「だったら、僕が殺されないようにできないのか」

切羽《せっぱ》詰まってマリリンに訴える。すると、相手は宙を睨んでつかの間動きを止めてしまった。

「頼む。なんとかしてほしいんだけど」

これがゲームの世界で、マリリンがヒロインというのなら、主人公権限を発揮できるんじゃないだろうか。

いや、絶対にそうしてほしい。あっちの世界の自分だって、ぱっとしない生活で、なのに転生してすぐに殺されるなんてあんまりだ。

追い詰められて、頭を掻《か》きむしらんばかりでいたら、ふっとそのことを思い出した。

「あ……僕。この世界に来る前に、マリリンに相談事があったような」

「あ、あー」

マリリンは困ったふうな声音を出した。

「それいま思い出しちゃうの」

「そうだった。僕はあのとき、死にたいくらいつらかったんだ」

そもそも新宿駅でマリリンと待ち合わせていた理由。それは愚痴《ぐち》を聞いてもらいたかったから。

律が長年片想いをしていた相手から連絡が来て、その内容が——彼女と結婚するんだ。ついては式の二次会に出席してくれないか——というものだった。しかも幹事役。律はおかしいことなど少しもないのにへらへらと笑いながら祝福の言葉を述べ、幹事役を引き受けた。われながら馬鹿である。結果、苦しくてたまらなくて、親友のマリリンに胸の内をこぼしたくなったのだ。

「そっか。じゃあもう……いいの、かな」

自分は好きな相手に対して、好きだと打ち明けることもできない臆病者だったのだ。ゲイである自分を隠して、他者の目を気にしながらおどおどと暮らしていて。マリリンみたいに堂々と自分の生き方をつらぬくことができなかった。

「おい。いつまで話しているのだ。そろそろそちらに行くぞ」

大声に姿勢を変えれば、苛立《いらだ》つ表情の殿下が足を踏み出したところだった。

もう終わりだ。転生してきたこの世界で、自分のしていない罪によって殺される。

「あの。マリリン」

せめてこれだけは言っておこうと親友に語りかける。

「僕はもう駄目かもだけど、マリリンに会えてよかった。こっちでヒロインになれたのを見られたから」

ずっとマリリンは自分が本当の自分でいるために闘っていた。だからこちらの世界でマリリンの願いが叶《かな》うのなら。

ちょっぴり厳しいことも言うけど、いつだってやさしくて心の温かい友達が、これからうんと幸せになってほしい。

そんな気持ちをまなざしにこめて見つめる。すると、マリリンは扇を畳むや、強く唇を引き結んだ。

「ちょ、あんたねえ」

一拍おいて、相手は大きな息をつく。

「そういうお人好《ひとよ》しなとこ、損するって言ったでしょ。もっと欲深く生きなくちゃって」

「うん。いつもマリリンはそうやって、僕を励ましてくれたよね」

これが最期かもしれないし、ありがとうと告げようとして「待った」をかけられまばたきをする。

「なにあっさりあきらめてんのよ」

思い出したら落ちこむとわかってたから、あえて黙っていたのにさ。それから上体を傾けて、律の肩越しに声を張る。

「ハーラルト殿下。いま少しお待ちくださいませ」

そのあと小声で口早に告げてくる。

「リアンがあんただってわかってから、こっちも急いで考えたのよ。ひとまず助命をお願いして、しばらくは自宅に幽閉。ご両親は息子の監督不行き届きを叱られるけど、現状での処罰はなしで。それからぼちぼち殿下をなだめて、リッツを自由にしてもらえればいいのかなって」

でも、それじゃとうてい駄目ね。手ぬるいわ。

マリリンが腰に手を当て、仁王立ちのポーズを取る。

「手ぬるいって?」

拷問とかされるのだろうか。青くなって律が聞けば、相手は「それじゃ足りないの」と言いきった。

「それくらいじゃあんたの性根がそうそう変わりっこないものね」

「え、えっ？」

いいから見てなさい、とマリリンが言い置く。直後に待ちかねたのだろうハーラルト殿下の足音がどんどん近づいてきた。

「もうよいだろう。これ以上は無用だし、危険だぞ」

「お気遣いありがとうございます」

マリリンが面持ちをあらためて、しとやかに礼をする。

「ですが、ハーラルト殿下。いまはすでにひとつも危険ではございません。わたくし達は和解いたしましたから」

思わぬ台詞を聞かされて、殿下がかるく顎を引く。

「なにを馬鹿な。和解などありえない」

「あら。そうでもございませんわ。お互いに誤解があったようですが、いまは完全にわかり合い、すっかり仲良しになりましたの」

ほら、とマリリンに肘で小突かれ、あわてて律はうなずいた。

「そうです、そう」

「リアン様はご自身の思い違いをいたく反省しておられます。わたくしもこれまでにいたらぬ点もございましたが、こうしてじっくりとお話しさせていただければ、思いのほかに気の合う事柄も見つかりました。わたくし、リアン様とすっかりいい友人になりましたのよ」

ハーラルト殿下はむずかしい顔つきで両腕を組んでみせた。

「さっき少し話したくらいで？　いままでリアンがどのくらい悪辣《あくらつ》な所業をしていたのか忘れたのか」

「あれは不幸な行き違いゆえですから」

「だが」

「わたくしが階段から落ちたとき、聖女の光が顕《あら》われたのを殿下もお目にしましたでしょう？　あの力がリアン様の御身《おんみ》にもおよんだ結果、そのお心持ちを生まれ変わらせたのでございます」

聖女の光と言われて、殿下はしばし言葉をなくした。

「いまのリアン様は、以前のリアン様とは別人でございます。わたくしはさきほどその事実を確かめました」

「だが、聖女様のお言葉とて、にわかには信じられんな。どうやって確かめたのだ」

ぶすっとした面持ちで反駁《はんばく》してくる。マリリンはかろやかに微笑《ほほえ》んだ。

「取るに足らない身分のわたくしではございますが、聖女としていささかのわきまえが身につきました。それにさきほどの会話でわかったことですが、リアン様は以前の記憶が相当に薄くなっておられます。これもまた以前とはお心が生まれ変わった証拠かと」

結構なごり押しだなと律は内心つぶやいた。リアンとしての記憶が欠けていることを、逆手にとって証拠にするのか。

殿下はどう反応するかと、固唾《かたず》を呑んで見つめていれば、ややあってからマリリンの言いぶんを不服そうにしながらも受け入れた。

「まあ、いい。そなたがそう言うのなら」

「ありがとうございます。殿下が納得してくださって、とてもうれしゅうございます」

マリリンがしおらしく胸の前で両手を合わせる。

「それではリアン様はわたくしの大切なお友達、そういうことでよろしゅうございますわね」

これには殿下も意表を突かれたようだった。

「は、そこまでか？」

「もちろんですわ。リアン様とこうして仲良くなってみますと、ずっと昔からさまざまな気持ちを寄せ合っていた、そんなふうに思えますの。わたくしのこんな心根、賢くもおやさしいハーラルト殿下なら、きっとおわかりくださいますわね」

なかなか強引にマリリンに念押しされて、殿下は「うう」と口の中で呻きつつうなずいた。

「まあよかった。それで、殿下。もうひとつお願いが」

殿下を言いくるめる手管《てくだ》に圧倒されている律をちらと横目に見てから、ピンクがかった金髪を風に揺らして切り出した。

「このことはグレンフォール殿下にもお手伝いいただかねばならないかと存じますが」

「グレンフォールに？」

控える騎士たちの背後に立つ黒衣の男に、殿下はいぶかしむ視線を向ける。

「どんな用向きを？」

そして、この問いにマリリンが返した台詞に、この場の全員があっけに取られたのだった。


なにがどうしてこうなったのか。馬車の中で律は内心頭をかかえる気分でいる。目の前にむっつりと座っているのはグレンフォール殿下とやらで、今朝早々に律を殺そうとしたその当人だ。

馬車の座席で律はひたすら縮こまり、相手は無表情のままひと言も口を利かない。機嫌が悪いんだろうなと考えて、それはそうだと自答する。彼の置かれた立場を鑑みれば、不愉快でないはずはない。

この馬車に乗る前の一連の出来事を思い出し、さらに律が肩をすぼめたときだった。

「わっ」

車輪が石でも踏んだのか、ふいに座席が上下にはずむ。いきおい前につんのめり、しかし宙に出した両手がその途中で固定された。

「大丈夫か」

ほとんど棒読みの台詞。

「あ、ありがとうございます」

体勢をくずした律を、彼が支えてくれたのだ。両手首を摑まれたまま礼を返せば、彼は「いや」と平坦《へいたん》な声音を発する。そうしてそのままの状態で律を保持しつづけるから、ものすごく困ってしまった。

腕を離してくださいと相手に言うべきなのだろうか。しかし彼にそう言えば、指図がましい台詞だと、怒ってしまうかもしれない。やむなく律は腰に負担のかかる姿勢でしばらく我慢していたが、次に馬車が跳ねたときには耐えきれずに顔をしかめた。

「どうしたのだ」

「えっと。これだと少し身体がきつくて」

無理のある体勢がいっさい動かせないままなので、肩と首も次第にだるくなっていた。おずおずと伝えてみれば、彼はわずかに首をひねった。

「そういうものか」

「はい」

目の前の男はかなり上背《うわぜい》もあり、鍛えられた体軀なのは、押し伏せられた経験からもわかっている。彼ならきっと平気だろうが、あいにくリアンの身体はずいぶんと軟弱にできているようである。デスクワークではたらいていた律とおなじか、もしかしたらそれよりも華奢《きゃしゃ》なつくりかもしれない。

「では、しかたない」

言いざま彼が律の腕を引っ張った。

驚く暇もない。くるりと前後の向きを変えられ、ついで尻が重力にしたがって落ちていく。

「うわ」

自分がなにに腰かけているのかを悟った瞬間、飛びあがりそうになる。それを腰に回ってきた手が押さえつけ、

「これなら文句はないな」

いいえ、あります。大いにある。身体がきついとは言ったけれど、膝の上に乗せてほしいとは頼んでいない。

まるで子供かなにかみたいだ。自分の背中に男の胸が密着していて、その感触がもろにつたわってくる。硬くて広く、温かい。不快ではないけれど、思わぬことにとにかくあせる。

自分はゲイだけれども、ノンケの幼馴染が昔からずっと好きで、いまに至るまでそちらの方面の経験はいっさいない。

つまり、これをラッキーだと思うほどすれてはいないし、相手のほうからもやさしい雰囲

気は欠片《かけら》も感じ取れなかった。

結果、律は男の膝上で固まったまま果てしなく長く感じる時間を過ごし、ようやく馬車の振動が止まったときには心の底からほっとした。

「降りろ」

「はっ、はい」

腰に回されていた腕が解かれ、律はいきおいよく立ちあがった。とたん、馬車の天井に頭をぶつけ、痛みに身体が傾くと、今度は額で扉を叩く。

「なにをやっている」

呆れ声がごく近くから聞こえてきて、男の手が背後から伸びてくる。一瞬身を硬くしたら「開けるだけだ」と律の脇をすり抜けていく。と、直後に扉がひらかれて、そこにもたれていた律はなにをする暇もなく地面めがけて転げ落ちた。

「おい⁉」

もはやコントである。あちこち痛いし恥ずかしいしで、地面にしゃがみこんでいたら、猫の子かなにかのように腰を掴まれ抱きあげられた。

「あっ。ひええ」

律の身体が思いきり宙に浮く。腰を中心に折り曲げられた格好で、自分は移動させられている。

男の背中に上体を垂らしたまま、律は茫然と考える。

これはもしかして、俵《たわら》かつぎというやつではないだろうか。色気もなにもない、というよりもすでに自分はお荷物の土袋と同様だ。

人ひとりをかついでいても少しも揺るがない男の歩調に運ばれていきながら、律はこの状況の原因であるマリリンの言葉を脳裏によみがえらせた。


「グレンフォール殿下にお願いしたいのは、たったひとつでございますわ」

中庭で黒衣の男を眺めつつ、マリリンは落ち着きはらってそう言った。

「リアン様をお守りいただきたいのです」

この場にいた全員が「はあ?」という表情になったのも無理はなかった。

マリリンが常日頃リアンに嫌がらせをされていて、最後には階段から落とされたのはつい昨日のことだからだ。

マリリンが聖女として覚醒しなければ、あるいは死んでいたかもしれない。そんな相手を守れと言うのか。

このもっともな疑問を前に、マリリンは胸を張って言葉をつづける。

「いぶかしく思われるのも当然かもしれません。ですが、リアン様はすでにわたくしの大切なお友達。なのに、このままではリアン様の身に危険がおよぶかもしれません」

そうなのか、と律は周囲の人間を見回した。

すると、ハーラルト殿下はひどく苦々しそうな顔をしており、控える騎士たちはあらぬほうを見やる様子、そしてグレンフォールは完璧《かんぺき》に無表情をつらぬいていた。

「あー、それについてだが」

ハーラルト殿下が、ひとつ咳払《せきばら》いをして切り出した。

「マリリン殿の思い過ごしではないのかな」

「そうでしょうか」

彼女が小首を傾げてみせる。

「わたくしなどには計り知れないことですけれど、リアン様への風当たりはそれなりに強いのではないでしょうか。たとえば」

マリリンが純真なまなざしを殿下のほうに向けて言う。

「公《おおやけ》にはしないまま、リアン様が処罰されてしまうとか」

ぎょっとした表情を殿下がするから、律はあらためて自分の置かれた立場がわかる。

たとえ、この場で許したふうをつくろっても、聖女を害しようとしたリアンは除かれるべき脅威である。そう考えるのは、ハーラルト殿下ひとりだけではない。

もしそういうことならば、律の命はあいかわらず風前の灯《ともしび》だ。

「マリリン殿。それは杞憂《きゆう》だ」

「そうでしょうか」

「ああ。だからその可愛い頭をそんな些事《さじ》で悩ませるものではない」

「では」

マリリンは綺麗な笑みを殿下にあたえる。

「わたくしにご許可をいただけたのですね」

「は？」

「リアン様の身をグレンフォール殿下に預け、大事にお守りくださると」

ハーラルト殿下がなにか応じる前に、いままで離れた場所にいたグレンフォールが歩み寄る。

「しばし待たれよ。俺はその任を引き受けかねる」

「あら。どうしてですの」

「俺はこの国の王家から特命を授かって動いている。リアンの護衛はその任にないからだ」

「そうですの？」

純真無垢《むく》な口ぶりでマリリンはハーラルト殿下を見つめる。

「まあ、そのとおりだ」

「それなら、この国の王子であるハーラルト殿下がお頼みすれば、お引き受けくださるのでは？」

「マリリン殿。それは、ならぬ」

「できませんの？」

マリリンが目に見えてがっかりした様子になった。

「いや、できる。俺にはその力があるが。いささか、その」

「グレンフォール殿下は、ハーラルト殿下からのご信任の厚いかた。お願いしていただければ、わたくしも安心ですわ」

「俺は断る」

押しつけられかけた当人が平坦な声音を寄越す。

「そんなことに関わり合う時間がない」

これはもっともな拒絶だった。彼がこの国でいったいどんな役職か律には判断しかねるが、いかにもな面倒事をしょいこまされるのは嫌だろう。

しかしマリリンに退《ひ》く気はいっさいないようだった。

「たしかにいままでのリアン様は、少しばかりご思慮に欠けるおこないもございました。ですが、これからのリアン様は別人とお考えくださってもよろしいかと。グレンフォール殿下がお身近にかくまわれても決してご迷惑をおかけするような成り行きにはなりませんわ。このことにつきましては、わたくしが保証させていただきます」

「聖女様に保証されても、俺は承知しかねるが」

「では、交換条件をお出しすれば、お考えくださいますか」

「条件など」

「グレンフォール殿下のご母堂についてです」

にべもない態度だった男が初めて表情を動かした。

「それは、どんな」

「エミネ妃殿下に聖女の祝福をお授けしたいと思うのです」

彼はその瞬間、胸を突かれた顔をした。

「本当にできるのか」

「はい」

事もなげにマリリンがうなずいた。しかし、直後に異を唱えたのはハーラルト殿下だ。

「ちょっと待ってくれないか。マリリン殿。それはあまりにも軽率な振る舞いだ」

「そうでしょうか」

たしなめられてもマリリンは涼しい顔をくずさなかった。

「エミネ妃殿下はここ数年来ご病気がちとお聞きしました。聖女の祝福で多少なりともご快癒へ向かわれれば、この国にとっても喜ばしくはございませんか」

「いや……それは、そうだが」

「ありがとうございます」

マリリンがにっこり笑う。清らかな聖女の笑顔が『にんまり』に見えたのは、きっと律の気のせいだろう。

「ハーラルト殿下にお許しを頂戴《ちょうだい》しました。グレンフォール殿下は異存ございませんでしょうか」

「ああ。俺に異存はない」

「それでは、グレンフォール殿下とわたくしとのお約束です」

「あ、まだ許したとは」

ハーラルト殿下があわてて言いかけたのを無視してつづける。

「わたくしはエミネ妃殿下に聖女の祝福を授けます。そして、グレンフォール殿下はリアン様を守ってくださる。とても大切な宝物のように。かけがえのない大事なひとにするように。いたわり、見守り、やさしくしてくださいませ」

「ちょっと待った」と内心で叫んだのは律だけではないはずだ。リアンの身柄を保護する。最初はたしかそれだけと聞いていたが、いまのは要求が最大値になっていないか。

「マリリン殿」

案の定、グレンフォールが渋い顔で、おそらくは言い返そうと切り出した。しかし、マリリンはそうはさせじと素早く応じる。

「お約束なさいますか。それとも」

つかの間絶句した黒衣の男は息を大きく吸いこんだのち、肺からそれを吐き出した。

「わかった。そなたと約束しよう」

「では」

ハーラルト殿下がなにか言おうと身動きをする。しかし、マリリンはそのときすでに手のひらを上にして腕を差し出していた。

「わ……」

律が初めて見る光景。ここまでさんざん驚きの連続だったが、それでも目の前に生じているこの景色はまさしく奇跡を思わせるものだった。

最初はほんのわずかだった光点は、マリリンの両手の上にどんどん集まり、膨れて大きくなっていく。それはほどなく人の頭ほどもある光のかたまりになっていき、マリリンがなにかを口中でつぶやくごとに輝きを増していく。

「エミネ妃殿下に聖女の祝福を」

マリリンが両腕を頭上に掲げ、澄んだ声でそう言うと、そこからまぶしい光の球が浮きあがる。そしてその球体は周囲に輝きを放ちながらとある方向へと飛び去った。

ついになにもみえなくなった空を眺めて茫然とするばかりの皆を尻目《しりめ》に、マリリンはそっと律に歩み寄り、ほかには聞こえないような小声でささやいたのだった。

「はい、お膳立て。これでなんとかやりなさいよ」

マリリンの圧倒的な聖女ぶりに、居並んだ連中は声もないありさまだった。中庭で見たその光景を思い出しつつ、律は感嘆するしかない。あいつは元々柔道部で主将を務めていたこともあり、人の気持ちを掌握するのに長《た》けていたし、新宿のゲイバーではたらいていたときも場をつくるのがうまかった。

だとしても、突然に放りこまれたこの世界で、自分の居場所を確実に築きあげた親友には舌を巻く想いだった。この四年間、あいつは本当に頑張ってきたのだろう。だから、マリリンが別れ際に「近いうちにまた連絡してあげるから」そのあとさらに声を潜めて「あと、アタシが転生者だってことばらしたら許さないわよ」などと念を押されなくても律は転生者の件をよそに洩らすつもりはなかった。マリリンが以前と少しも変わらずに自分の味方になってくれる。それがなによりもうれしくて、自分もまた忠実な親友でいたいから。

そんなことを考えているうちに、肩にかつがれていた律はやがてどこかの部屋に行き着いたようだった。

「ここに座れ」

ようやく床に下ろされて、ほっとしたものの身体がふらつく。不安定で苦しい姿勢がつづいていたから目まいを起こしてしまったらしい。

「おい」

呆れたふうな声がして、二の腕を摑まれる。

「こっちに座れ」

逆らう元気もすぐには出てこず、律はみちびかれるままにソファの上に座らされた。

「茶は」

「えっ」

「茶は飲むか」

「あ……お手間でなければ」

男はひらかれたドアのところまで行くと、そこにいた誰かになにかを命じたようだ。

「おまえは」

戻ってくるなり、男は律を見下ろして言う。

「あらゆる意味で規格外の人間だな」

不思議に思って、律は端正な男の顔を眺めあげる。そんなことを言われたことは一度もなかった。

「そうですか？」

確かめたいというよりは、否定の気持ちで相手にたずねる。男は重々しくうなずいた。

「おまえ自身に関しては、主に噂で聞いていた。いわく、怠惰で我儘で高慢。病的な癇癪《かんしゃく》持ち。他者への想像力がない。自分を主観でしかとらえる気のない人間。一生成長は望めない、生きる害悪」

なんだかすごい言われようだ。他人事《ひとごと》の感想だが、実際にそうだからしかたない。律はなるほどと首を振る。

「おまえはその自覚があるか？」

他人だから自覚は無理。しかしそのとおりを彼に明かすわけにはいかない。転生だのなんだのを持ち出せば、マリリンに関しても口を滑らすかもしれない。それだけは避けたかった。

「僕は最悪の人間だったと思います。でも、いまはその記憶がなくて。それが僕のしたことならば罰を受けても当然の成り行きなのかと思いますが」

「自分におぼえがないから、責任を取らなくてもいい？」

「そんな気持ちはありません。あの中庭にいたときに、断罪されてもいいと思いましたから」

前の世界で、律は長すぎる片想いに絶望していた。それは勝手な自分の想いでしかないぶんだけ、自己嫌悪がつのっていた。いっそ告白しようか。だけどそんな真似《まね》をしたら、相手を困らせてしまうだろう。恋愛感情をまったく持っていないのに、同性の友達が告白したら友達ですらいられなくなる。何年も堂々巡りで悩みつづけ、そんな自分にもうんざりして疲れていた。

きっとどこかで終わらせてしまいたかった。それが転生後の断罪イベントでも、しかたがないのかとつかの間は考えたのだ。

「でも」

律は思いの丈を彼に向かって語りかける。

「やっぱり死にたくないんです。まったく違う人間に生まれ変わって。ここで自分はなにをするのか、一生懸命考えてみたいんです」

これまでとなんの繋《つな》がりもない世界に来て、けれどもいま律の感情は恐怖やおびえとは無縁だった。それは目覚めてからこの場所に戻るまでもう充分に味わった。凡庸な自分の生活とはあまりに違う展開ばかりが押し寄せたから、少し麻痺《まひ》しているのかもしれないけれど。

「茶が来たようだな」

ふたりしてしばらく無言のままでいたら、部屋の扉が叩かれる。姿勢を変えた彼が応じ、ほどなく開いたそこからはワゴンを押した初老の男が現れる。彼は映画で観たような執事服を身に着けていて、ソファ前のテーブルに茶器と茶菓子とを並べて置くと、一礼して去っていった。

「あ。僕が」

男がティーポットからカップに飲み物を注《つ》ごうとする。あわてて律が腰を浮かすと、相手に仕草で制止された。

「すみません」

律があやまると、男はわずかに目をすがめる。なにか言うかと思ったけれど、男は口を閉ざしたまま、律の前に湯気の立つティーカップを差し出した。

「ありがとうございます」

また、男のこめかみがぴくりと動く。自分はなにか気に障《さわ》ることをしたのか。

「あの。よかったら、あなたのぶんは僕が注ぎます」

厚かましいのが悪かったのかと反省してそう言うと、彼はかるく眉をあげた。

「おまえが？」

「はい」

「おまえはやっぱり規格外だな」

相手の意図が摑めずに、律が首を斜めにしたら、男はかすかに苦笑した。

「自分が殺されそうになって、その相手に茶を注ぐのか」

律は困って、意味のない愛想笑いをしてみせる。

「えっと。でも、もう殺しはしません、よね」

とたん、男はむっとした顔になり、こちらのほうを睨んでくるから思わず肩がすぼまった。

「すみません」

男は律の前にあるひとり掛けのソファに座り、そのあと身じろぎしないでいたが、やがてため息を吐《つ》いて言う。

「約束だからな」

その声音には苦みを感じる。このひとは本当は自分を殺したかったのか。知らず頬を強張らせて男を見やる。彼は「ああ」と表情をゆるめてから、

「そうじゃない。おまえを殺せず残念だったわけではないが」

そこで言いやめ、律に視線をぶつけてきた。

「……あの」

男のまなざしの強さに惑って律がつぶやく。すると、彼はその漆黒の眸をこちらに据えて問う。

「おまえにはいろいろ聞きたいことがある。だが、そいつはこれからおまえと一緒に過ごすうちにおいおいに答えてもらおう。だから、いまはひとつだけ」

「なんでしょうか」

「さっき王宮でマリリン殿と話していたとき、おまえは自分を違う名前の人間だと言っていたな。おまえはリアンとは別人なのか」

刹那《せつな》、心臓が跳ねあがった。律はその答を持っている。しかし、転生うんぬんを彼に打ち明けるわけにはいかない。困って、迷って、律はできるだけ近い返答を探して伝える。

「僕は目覚める前に、そんな夢を見ていました。とても現実的な夢です。その感覚があまりにも大きくて、僕のリアンとしての記憶が薄れてしまいました。だから、その」

「マリリン殿が言うように、おまえは生まれ変わったと？」

「そう、ですね。でも」

律は切れ長の男の眸を見返した。

「リアンとしていままで僕がしてきたことは消えてなくなりはしないでしょう。そのこととも向き合って、これから生きていかなければと」

悪評などはきっと残ったままだろう。リアンの両親もどうなるのか気がかりだ。律が前途に思いをはせて伝えると、彼はふっと目を細める。

「なるほどな。マリリン殿もずいぶん酷な命令をと思ったが、案外そうでもないようだ」

言いながら、彼は席から腰を浮かせた。

「それではまた来る。ここは俺の屋敷だから気兼ねはいらない。なにか必要なものがあったら、そこの鈴を鳴らすといい」

彼が窓際にあるテーブルの上を指す。

「あ、あの。グレンフォール殿下、様？」

どう呼べばいいのかわからず、目線をうろつかせて律が言う。すると、去りかけていた男がその場に足を止めて振り向いた。

「グレンでいい」

それからはっきりとわかる苦笑を頬に浮かべ、律の度肝を抜く台詞を言ってのけた。

「おまえは俺の宝物で、なによりも大切な人間だから、呼び捨てにされるくらいがちょうどいい」


グレンの屋敷で暮らしはじめて、律の生活は大きく変わった。もっとも侯爵子息としての暮らしなどしたことがないのだから、当たり前と言えば言える。けれども、自分用にあてがわれているこの綺麗な室内は、これまでのワンルームの何倍もの広さだったし、続きの部屋はなんと衣装を収めるためだけにあるという。どうやらリアンはずいぶんな着道楽をしていたらしく、グレンが侯爵家から持ってきてくれた衣装は律の目を瞠らせた。

「身体はひとつしかないのになあ」

数限りないと律には思える服や靴。これでもあちらにあった物のほんの一部に過ぎないと聞かされて、律はついもったいないと思ってしまった。

こんなに衣装があったって、全部着られるわけではないのに。

「リアン様。これでよろしゅうございますか」

屋敷のメイドにたずねられ、律はつかの間の物思いから戻ってくる。

衣装部屋の大きな姿見に映るのは金髪巻き毛の青年で、レースやフリルに飾られたシャツがとても似合っている。

ズボンは身体にぴったりしていて、両脇には金色のラインが縦に入っている。靴は仔山羊《こやぎ》の革でできたショートブーツ。上着も同色のラインが襟を縁取っていて、ロイヤルブルーの布地を引き立てている。

律にしてみれば、要は貴公子のコスプレで、見慣れない自分の顔とあいまって落ち着かないことこのうえない。

なにしろ純日本産の黒髪黒目で、彫りの深さとは縁遠い顔立ちと二十五年間も仲良くしてきたのである。いきなりこんな美青年は尻の据わりが悪すぎる。

「はい。ありがとうございます」

本当は着替えぐらい自分でやらないと申し訳ない。そう思うのだが、なにぶん衣装の合わせかたがわからない。それで、やむなく毎回入れ替わりでやってくる若いメイドと、彼女たちを指図する立場のメイドにお願いしているのだが、これにもいまだに慣れなかった。

律が恐縮しつつ礼を言うと、丈の長いドレスとエプロンを身に着けた中年女性は、一瞬固まってしまったが、表情には出さなかった。

「それでは、失礼いたします」

彼女が一礼して後ろに下がる。その段で、律は手の込んだフリルがのぞく上着の袖をそちらに向けた。

「あの、すみません。あなたのお名前をお聞きしてもいいですか」

言うと、彼女の頬が強張る。

「わたくしどもになにか手落ちがございましたか」

「いいえ。とんでもない。いろいろお世話してくださって、いつも感謝しています。なのに、僕はお手伝いしてくださる係のひとのお名前をうかがうこともしなかったから」

今度はあきらかに驚いた顔をして、彼女はその場に棒立ちになる。失礼な真似をしたかと内心律があせっていたら、彼女は小腰をかがめて言った。

「メイド長のマルガと申します」

「あ。僕はなか……リアンです」

名乗ってからお辞儀をしたら、マルガがふっと笑みをこぼした。そのあとひとつ咳払いをして、

「ご丁寧に恐れ入ります。ですけれども、リアン様のお名前は存じております」

「そ、そうですよね」

愛想笑いで困っていたら、彼女はまた無表情に戻ったあとで「朝食のお席までご案内いたします」と告げてくる。昨日まではあとに残った若いメイドが、傍目《はため》にもわかるほど緊張し

きった様子で案内してくれたので、ありがたくマルガの後ろをついていった。

「おはようございます」

これも慣れないことのひとつで、律は朝食用の服を着て、わざわざ朝食専用の部屋に行く。入室すると、グレンが立って律を迎えに来てくれるから、律は毎度の出来事ながらもやはり落ち着かない気持ちになった。

「すみません。お待たせして」

彼に手を取られて食卓に近づくと、屋敷の執事が律の椅子《いす》を引いてくれる。

こんなもてなしは律にはまったくふさわしくない。いたたまれずに視線をうろつかせていると、グレンが横から「どうしたんだ」と聞いてきた。

「なにか気になることでもあったか。この屋敷でのもてなしに不満でも？」

「いえっ」

律は肩を跳ねあげて彼に応じる。

「皆さんすごくよくしてくださっていますから。もう本当に僕にはもったいないくらいで」

これは本当で、ここに来てからすでに七日目になるけれど、上げ膳据え膳の超豪華ホテルのスイートルームに連泊している気分だった。不満など持ちようがなく、ただひたすらに恐れ多い。

「ならいいが」

グレンが手ぶりで合図して、今朝の食事がはじまった。八人掛けの食卓には盛りだくさんの料理が並ぶ。向かい合って座っているふたりしかいないのに、朝食バイキングを思わせる皿数はいかがなものか。律は普通の食欲の持ち主だが、これほど大量では食べきれない。食べ物を残すことへの罪悪感で、しょんぼり気分になっていたら「この家の食事は口に合わないか」と聞かれてしまった。

「あっ、いえ。どれも豪華なものばかりです。だけどこんなには食べられなくて」

「それだったら、好きなところだけ食べて残せばいいのじゃないか」

とんでもない、と律は横に首を振る。

「もったいないです」

それからおずおずと切り出した。

「食事の量なんですけど、ちょっと僕には多いみたいで。朝だけじゃなく、昼も晩も。一食分なら、これと、これだけで充分なので」

律は目の前のパンの皿と、サラダ付きのオムレツ皿を示して言った。

「あと、飲み物をいただければ」

それ以上は必要ないと提案してみる。美味《おい》しくないわけじゃないと、視線でも訴えれば、グレンはしばし律を眺めていたあとでゆっくりとうなずいた。

「わかった。今後はそうしよう」

「あ。だけど、僕にはかまわずにグレンさんはお好きなだけ食事をとってくださいね」

この男にはグレンと呼べと言われたが、さすがに呼び捨ては気が引ける。悩んだ律は脳内会議の末に、さん付けで呼ぶことにしたのだった。

幸い相手はそのことに異議を唱えず、いまはそれで落着している。

「僕の勝手でそうしているので、どうぞこちらにはお気遣いなく」

重ねてお願いすると、グレンはまたも律のほうをじっと見る。

この屋敷に来て、グレンとは朝晩一緒に食事をしているのだが、彼はよくこんな視線を寄越してきた。まるで見慣れない動物を観察しているようなまなざし。そう感じるのはあながち気のせいでもないだろう。そのたびに律は自分が転生者とばれたのじゃないだろうかと、肝が冷えた。居心地悪さに椅子の上で律が尻をもじもじさせたら、グレンがすっと視線を外す。

「アンセルム侯爵夫妻の件だが」

そう告げられて、一瞬誰のことかと思った。

「はい？」

「……おまえの両親の処遇について」

ぽかんとしたのを察知されたか、グレンが説明口調で言った。

「あっ、はい。そうです。そうでした」

律はあせって大きくうなずく。

「それで、どうなったんでしょう」

「侯爵夫妻は処罰をまぬがれ、今日中にも王宮から出てよいそうだ。聖女様とリアン子息とのあいだで多少の行き違いがあったけれど、いまはすべて解消された。ゆえに、侯爵夫妻も今後いっさいの咎《とが》めはない。そのように決まったと、今朝早く王宮から触れが来た」

聞き終えて、律の身体から力が抜けた。

「よかったぁ」

自分のしたことではないが、律とはすでに肉親の縁で結ばれた人達だ。たぶんマリリンがはたらきかけてくれたのだろうが、本当にありがたかった。いい知らせを得て、心底ほっとしていれば、グレンが意外なことを言う。

「その、なんだ。今日は午後から出かけてみないか」

「え？　でも僕は」

この屋敷に幽閉と決まっていたのではないだろうか。

「今朝来た使者はおまえの処遇も伝えてきた。当分は俺の預かりになっているが、行動自体に制限はないとのことだ」

だから行くぞとグレンが言う。

「でも、どこに？」

「そうだな。ひとまず城下の街にでも行ってみるか」

昼食をとってまもなく、律はグレンに連れられて城下の街まで馬車で向かうことになった。

前の折にはこのひとの膝に座らされたんだった。そんなことを思い出して、馬車に乗るとき躊躇《ちゅうちょ》したら、彼は先に乗りこんでそこから手を差し伸べた。

「ほら来い。今度は転ばないようにな」

そういえば、馬車から無様に落ちたのだ。

自分のみっともない姿をあらためて脳裏に浮かべ、律は頬を赤くしながら彼に引っ張りあげられる。また真向かいに座るのかと思ったが、今回の席は彼の真横だった。

「あの?」

「おまえがこの中であちこち跳ね回ると困るからな。こうして俺が押さえておこう」

言って、彼が律の背中から腕を伸ばして、軽く腰を抱き寄せる。そうされるとふたりの身体がぴったりとくっついて、律はどぎまぎしてしまった。

ひゃあぁ、すごい。なにがすごいかわからないけど、とにかくすごい。

密着すると、服地越しにでも男の逞《たくま》しさがよくわかる。このひとはおなじ殿下と呼ばれていても、ハーラルト殿下とは体格も雰囲気も違っている。

「ずいぶん細いな」

動き出した馬車の中で律がどきどきしていたら、隣の彼がぼそっと洩らす。

「どこか不調でもあるのじゃないか」

おぼえがなくて、律はきょとんと男を見やる。

「え。いいえ。元気ですが」

「だが一日中部屋にこもっていると聞いた。遠慮しながら食事をし、着る物も質素でいいと」

「いえ、あれは僕には本当にもったいないので。どこかに出かけるわけでもないのに、一日に二回も三回も着替えをしなくてもいいかなって」

「俺の屋敷に来る前は、ずいぶんと着道楽だったらしいが？」

「それは……そうですが。いまの僕には不要な贅沢に思えますから」

遠慮ではなく本心からそう思う。しかし、彼が眉根を寄せてむっつりとしてしまうから、きっと怒らせたのだろう。

「すみません」

肩をすぼめてあやまると、彼は「いや」とつぶやいて、それきり窓から外の景色を眺めるばかりだ。

やっぱり気を悪くさせた。これも我儘と思われているのだろうか。

こうなると、寄り添う感触は気まずいだけだ。自分の不手際に気は沈んだが、その場をつくろう上手な台詞も思いつかず、重い空気を味わいながら、やがて馬車は目的地に着いたようだ。

「ここに入るんですか」

馬車を降りてしばらく歩き、止まった先は豪華な構えの店の前。入り口脇のショーウインドーから察するに洋服屋ではあるのだろうが、用向きがわからない。グレンは「ああ」と応じると、律に先立って入っていく。やむなく律もあとにつづいた。

「いらっしゃいませ」

出迎えてくれたのは老紳士といった風情《ふぜい》の男だった。少し、グレンの屋敷の執事に似ている。店内は見本として飾られている洋服や、それらの小物類、また仕立て用の生地などが数多く並んでいる。

紳士服の店だろうから、グレンが服を買うために立ち寄ったのだ。

なるほどと納得して自分は店の通路の端にたたずんだ。邪魔にならないようにして待っていればいいのかと思ったが、グレンはこちらに振り向きざま「なにをしている」と咎めてきた。

「あ、すみません」

あわてて足を進めると、店の男がこちらを見て身構えたのが感じられる。わずかな変化だが、草食系の自覚を持っていた律はそういう反応には敏《さと》いのだ。

「なんでもいいから好きなものを選んで買え」

店内が見渡せる場所に置かれたソファセットに座らされて、彼からそううながされれば、たちまち律は困ってしまう。

「好きなものって？」

さぞかし自分は馬鹿面《づら》を晒していたことだろう。グレンがちいさく舌打ちしたのを律の耳は聞き取った。

「ここでいつもしているように。気に入ったものを買え」

ということは、この店はリアンの行きつけの店なのだ。しかし、律には欲しいものはなにもない。服も小物も衣装部屋に溢れるほど持っている。

「僕はべつに」

特に必要なものはなくて。そう言おうとしたとたん、店の男が最高級の生地だと律に差し出してくる。それでも律が困惑したままでいると、さらに店奥からなんとかというこれまた最高級の生地を出して持ってきた。

「すみません。いまのところ、服はいっぱい持っているので」

申し訳ないんですが、僕にはどうぞおかまいなく。丁寧に断ったのに、相手はそれでは納得せずに次から次へと贅沢な品物を差し出してくる。店の男の態度と口ぶりから、律はこの段で彼が店主であることと、リアンが我儘いっぱいにここの店で振る舞っていたのを察する。

「あの。グレンさん。僕は本当に服はたくさんありますから」

買いもしないのに店主が息をはずませながらあれこれと持ってくるのに罪悪感をおぼえてしまう。

「この店には気に入ったものがないのか」

ただでさえすまないと思っているのに、グレンがそう言ったとたん店主が悲哀と絶望感のただよう表情をこちらに見せる。追い詰められた気分になって、律は店内を見回したあと「あ」と座席から腰を浮かせた。

「あれがいいかも」

律が手に取ったのは彫刻付きのテーブルに飾られていた手袋だった。黒くて、艶があり、やわらかそうで、とても上質なものである。

「それが気に入ったのか」

律がこくんと首を振る。

「では、あれを。仕立てあがったら俺の屋敷に」

「はいっ」

店主が小走りで律の許《もと》に寄ってくる。

「もう一度寸法を測らせていただいてもよろしいでしょうか」

念を入れてぴったりにおつくりします。そう言われて律は「え」と目を見ひらいた。

「僕じゃないです。測るならあちらのひとに」

律が手で示した男は、いかにも意外なことを聞かされた顔をしていた。

結局、またの来訪をグレンが告げて、ふたりは店をあとにした。

「すみません。せっかくなにか買ってくれようとしていたのに。店のひとにも悪いことをしましたね」

「まあいいさ。好きなものが見つからないときもある」

そういう問題ではなかったけれど、違うんですとわざわざ言うのもはばかられる。律がしおしおと男の後ろを歩いていくと、やがて彼はさっきとおなじく大通りに面している瀟洒《しょうしゃ》な店の前で止まった。

「ここならどうだ」

「え。あのちょっと」

この店もいかにも格式高そうな雰囲気が溢れている。

「僕はとくになにも必要じゃありませんので」

「いいから、見るだけ見てみよう」

彼に押しきられる格好で、律はやむなく店内に入っていく。今度はさらに難易度があがっていて、まばゆいばかりにきらめいている宝飾品の販売店だ。そしてやっぱりというべきか、今回も店主とおぼしき男がふたりに駆け寄ってきて、緊張した面持ちで律への接客に努めてくれる。

どれだけ我儘放題に贅沢をしてきたんだ。内心そう突っこみたくなるくらい店の主人は腰が低い。侯爵家の子息だから重んじられるのはわかるのだが、いささか広くなりがちの店主の額に薄ら汗が滲んでいるのは、きっと理由があるのだろう。

もしかしたらいままでリアンが何度か無理難題を押しつけて、それが叶わないときは癇癪を起こしたとか？

嫌な予想とともに通された奥の部屋に座っていれば、ここでもまた次から次へと高価すぎる品々が目の前に持ってこられる。律は途方にくれながら「素敵ですね。ですが僕にはもったいないです」と繰り返すばかりだった。

「あのう。大変にご無礼ながらお聞きさせていただきますが、なにかお好みはございませんでしょうか」

恐々《こわごわ》店主がたずねてくる。ここでなにもないと言えば、さっきとおなじく店主が悲哀と絶望に駆られる様子になるのだろうか。困り果てて、律はふといいことを思いついた。

「いろいろ持ってきていただいても、僕は支払いができないんです。だから、こっちのひとに合うものをお願いします」

グレンならこの店で出される品もよく似合うに違いない。スタイルは抜群で、顔も相当に男前。ちょっと強面《こわもて》な感じはするけど、映画俳優並みに格好いいひとだから。

「グレンフォール殿下に、でございますか」

「はい。黒色がお好きなようだしよく似合うから、そんな方向でお願いします」

苦し紛れにしてはいいアイデアだと思ったのに、今度もグレンは驚いた顔をして、結局なにも買わないでこの店を出てしまった。

「その。グレンさん。お気遣いくださってありがとうございます。だけど僕にあんな立派な飾り物はいらない、かもしれないので」

いらないと言いきるのも失礼かと思ったので、遠回しな言いかたになってしまった。

「あの店も、その前のも、僕の行きつけの場所なんですよね」

そうじゃないかと思って問えば、果たして彼はうなずいた。

「で、結構我儘放題に買い散らかしていたのかな、と」

グレンは否定しなかった。

「以前はともかく、いまの僕はそういうものが欲しいとは思わないんです」

「じゃあ、なにが欲しいんだ」

問われて律は大通りを歩きながら考えた。

いまの律が求めているもの。それはいったいなんだろう。

以前の自分なら、きっと答はすぐに出た。

律の片想いの相手。幼馴染で、自身がゲイだと気づかされたあの男、二見《ふたみ》が欲しいと。

「僕は」

言いさして、律は身を硬くした。遅まきながら周囲の様子に違和感をおぼえたのだ。通りすがりの人達は、一瞬リアンをきつく睨み、そのあとグレンに目をやって顔を背ける。思わず彼を隣から見あげると「気にするな」とささやいた。

「俺をうとんじているだけだ」

なぜ、と疑問が湧いたそのときだった。

「リアン！」

グレンがいきなり律の身体を自分のほうに引き寄せる。しかし、間一髪遅かった。上のほうから降ってきたなにかが律にぶつかった。反射で身をすくめたが、思ったような痛みはない。しかし、感触のあった肩口には白い殻の破片がくっついていて、そこから垂れた内容物が腕先へと流れ落ちる。

グレンの胸に抱き寄せられた姿勢から、上のほうを眺めあげれば、張り出し窓から身を乗り出している男が一声を残して消えた。

「……っ、この」

「いいんです」

手を放してそちらに向かおうとしたグレンの袖を摑んで止める。

「追いかけないで。それよりここを離れましょう」

グレンは怖い顔のまま律と生卵が降ってきた建物上階を交互に見て、それからあらためてこちらを抱きかかえる格好で足早に歩きはじめる。

「そこ、触ったら汚れがつきます」

強く引き寄せられているから、それが気になって指摘する。けれどもすぐ近くから「かまわない」と応《いら》えが返り、そのあとで「悪かった」とも。

「グレンさんがあやまらなくても。あなたのせいじゃないんですから」

彼はそれには答えずに、周りに注意を払いながら来た道を戻りはじめた。

ずいぶんと怒っている気配なのは、律のみならず行きかう人々にも伝わっているようで、ふたりが通ると近くの人間はみんな脇にどいていく。そうしてまもなく乗ってきた馬車のところに帰り着き、グレンは律だけを馬車に乗せた。

「一緒に戻れなくてすまない。俺は少し用事ができた。屋敷に戻るまで、窓から顔を出さないように」

口調は平坦だったけれど、彼が滲ませている雰囲気はひどく硬い。律はもううなずくしかできなくて、言われるままに屋敷に戻った。

そうして馬車から降りてほどなく。入り口で出迎えた屋敷の執事は「おかえりなさいませ」と何事もなさそうに挨拶してくれたけれど、内心はどう思っていただろうか。その後ろにいたメイド長のマルガのほうは、律がたずねられるままに服が汚れた顚末《てんまつ》を話したら、驚きかつ怒った様子をはっきり見せた。

「まあまあ。とんでもない無法者がいたものでございます。それでも御身にお怪我がなくてさいわいでした」

「すみません。上着がこんなになってしまって」

律の日常の世話はマルガが担当しているから、洗濯も彼女の手をわずらわせなければならない。それを思ってあやまれば、彼女は「問題ございません。完璧にお洗濯しておきますから」と胸を張る。

「それよりも、リアン様のお髪《ぐし》に欠片がついております。すぐに入浴の支度を命じてまいりますから」

マルガと出会って間もないころ、彼女は平静さの下に警戒する気配が見え隠れしていたけれど、いまはこうやってなにくれとなく律の面倒をみてくれる。

「ひとまずはお部屋でお待ちくださいませ」

「うん。ありがとう」

礼を言って、自室になっている場所へと足を進めたけれど、律の心は重かった。

大通りに面した建物。その上階の窓から生卵を投げた男は、そこから姿を消す前に「この罰《ばち》当たりめ」と叫んだのだ。

だとしたら、非難の的はきっと自分だ。街を歩いていたときも、尖った視線を向けられていたわけで、あの発言から察するに、聖女を苦しめ危害をくわえたリアンの言動を許さない。その想いから抗議の行動に繋がっていったのだろう。

自分自身がしたことではないとはいえ無関係と断じるわけにもいかなくて、律は物思いにふけりつつ湯を使い、衣服を替えると、グレンの帰りを待ち受けた。


「おかえりなさい」

グレンが屋敷に戻ってきたのは夜も更けてからだった。帰宅の物音や人声に律は急いで階段を下り、彼を玄関ホールで迎えた。

「なんだ。まだ寝ていなかったのか」

傍まで行ったとき、グレンは執事からの報告を受けていた。こちらに向けるその顔はいつもとおなじく表情が摑めないものだけれど、律はかえってほっとした。

この男のこうした様子は普段どおり。つまりいまは彼にとって平常時。それくらいは読めるようになっている。

「すみません」

自分ひとりだけ帰されていたのだけれど、あれからグレンがどうしたのかずっと気になっていた。だから、眠る時間になってもベッドに入らず、部屋の扉を少し開けて、外の物音をうかがっていたのだった。

「まあいい。食事はしたか」

「はい。グレンさんは？」

「俺か。俺はどうだったかな」

この返事の仕方を聞けば、おそらく食べていないとわかる。

「えっと。もしお嫌でなかったら、僕がなにか簡単につくりましょうか」

「おまえが？」

グレンが両眉をひょいとあげる。

「はい。卵スープとか、その程度のものでしたら」

ひとり暮らしをしていたから、ちょっとした料理くらいなら自分でつくれる。そう思って言ったのだが、グレンはマルガに短く視線を向けたのち、ゆっくり首を傾けた。

「もしかしたらできるのかもしれないが、今晩は遠慮しよう」

それより、と彼が言う。

「せっかく出迎えてくれたんだ。一緒に茶でも飲まないか」

グレンがサロンで待っていてくれと言葉をつづけ、言われたとおりにその場所で待っていると、ほどなくして彼が部屋に現れた。

「遅くまで待たせていたようで悪かったな」

それから律の前にあるひとり掛けのソファに座る。彼の所作は荒々しくはなかったけれど、なんとなく苛立っているように感じられた。

「すみません」

「え？」

正面で足を組んだ男に言うと、いぶかしげな面持ちになる。

「お疲れでしょうし、早くおやすみになりたいですよね」

グレンは口をひらきかけ、結局なにも言わないで苦笑した。彼が律に応じたのは、マルガがふたりぶんのティーセットをテーブルに並べて去ってのちだった。

「おまえは本当に違う人間になったようだな」

そう告げられて、ひやりとしたものを背中に感じる。

「そうでしょうか」

「ああ。俺のところにもそれなりに情報が入ってくる。アンセルム侯爵家の令息は高慢で、癇癪持ちで、横紙破りの嫌われ者。なのにそれを自覚することも反省することもなく、いずれは確実にのっぴきならない事態を起こす。そんな噂が耳に入っていたからな」

「そ、そうですか」

心の中でどん引きしながら律はつぶやく。

そこまで非難を浴びるなんて、どれだけ悪さをしていたんだ。まあもっとも、ここに来る前のひと幕でハーラルト殿下がずいぶんと怒りまくっていたから、だいたい想像はついていたが。

でもあらためてグレンの口から聞かされると気分が落ちこむ。きっとこのひともこいつは害悪でしかないのだと見下げた気持ちでいるのだろう。

知らず頭が下がっていたのか、グレンが「こちらを見てくれ」と告げてくる。律はハッと顔をあげた。

「俺は責めているのじゃない。過去はともかく、いまのおまえは別人だ」

まっすぐにこちらを見てくる彼のまなざし。ふいに心臓がひとつ跳ねたのはどういうわけか。

「マルガがおまえを心配していた。最初はどんな無理難題を吹っかけられるかと思っていたが、予想に反しておとなしすぎると」

うなずくしかできないままに律は次の台詞を待った。

「食欲もない、衣装にもいっさい興味を示さない。一日中ソファのところで窓を眺めてじっとしている。声をかけたらやたらとあやまるばかりだと」

聞いて、律はまばたきした。

ああそうか。リアンのイメージがあったから、面食らわせてしまったのだ。

自分としては断罪をぎりぎりでまぬがれてきたのだから、静かに過ごすのは当然と思っていた。それに、元々役所勤めで、長い時間おなじところに座っているのも、区民からクレームが来てあやまりつづけるのにも慣れていた。自分自身はさほどストレスに感じていなかったのだが、どうやら心配をかけてしまっていたらしい。

「幽閉同然の状態で、気鬱《きうつ》が高じているのかと気にしているから驚いた。あのメイド長は、もっと厳格な質《たち》と思っていたのだが」

そこまで聞いて、律は今日の外出の理由を知った。

「もしかして、その流れで?」

「好きな買い物でもすれば、多少は気晴らしになるかと思った。だが、反対に嫌な思いをさせてしまった」

「そんな。あれはあなたのせいなんかじゃ」

「おまえを守りきれなかった。マリリン殿と約束したのに」

ああそれで少し苛立って見えたのか。なるほどと思ったあとでいきなり梯子《はしご》を外された感じがしたのは、自分勝手がすぎるだろう。

約束があればこそ、このひとは自分の面倒をみてくれているというのに。

「あれはしかたがないんです。それこそ僕が悪い人間だったから。非難されて嫌われても当然の成り行きで」

はたらいていた折だって、自分がなにかしなくても、さまざまな理由をつけて手ひどく怒られるときもあった。

親切にしてくれるから、それを勘違いして片想いをこじらせていったことも。ちゃんと理屈が言えたり正しい判断ができたりするひとも、世間にはそれこそいっぱいいるというのに。

「そうじゃない」

しかし、グレンは違うと言う。

「いまのおまえは咎められていいような人間じゃない。俺だっていちおうは人を見る目はあるつもりだ。ここに来てからのおまえの姿を身近に見て、あの中庭でマリリン殿の言ったことが俺はようやく腑《ふ》に落ちた。学園の階段を落ちたとき、おまえは生まれ変わったと」

彼は律を正確に把握しようと努めている。律のほうも最初はあんなに怖いと思った相手だけれど、いまなら少しわかる気がする。

彼は誠実で、責任感のある立派なひとだ。

胸にこみあげてくるものをおぼえて、けれども彼のいい評価は勘違いかもしれないと怖くなった。

「見直してくださるのはとってもありがたいんですけど、世間の見ようはなにひとつ変わってませんよ。あの生卵が証拠です。きっと僕は相変わらず罰当たりの嫌われ者です」

「世間ではな」

彼は適当な慰めを口にしない。

「いったん貼られたレッテルはそう簡単に剝《は》がせない。俺もそうだからよくわかる」

「あなたが？」

それはどんなレッテルなのか。そう思ったのが、きっと表情に出ていたのだろう。彼はふと窓のところに目を転じると、ソファから腰を浮かせた。

「今夜は月の光がある。バルコニーに出てみようか」

それで、ふたりして部屋の外へと張り出した場所に出る。

彼の言ったとおり今夜は満月に近いのか、銀色の輝きがグレンを、そして律を照らし出す。

手すりの傍に来て、律はそこに手をかけると、満ちるには少し足りない夜空の月を眺めあげた。

「俺もおなじ嫌われ者だ。王宮の連中も、街に住む人々も、俺をうとましく感じている」

「そんな」

「本当だ」

だけど、どうして。街の人々の心情はわからないが、王宮では殿下と呼ばれるひとなのに。

「おまえがなにも知らないという前提で話をしよう」

律が疑問を顔に浮かべて黙っていれば、彼はそう前置きして語りはじめる。

「俺の母、エミネは国王から離宮を賜《たまわ》って暮らしているが、昔からつねに不安定な立場にある」

「えと。わけを聞いてもいいですか」

遠慮がちに律が問う。グレンは一度肩をすくめてから教えてくれた。

「順番だけの問題だが、俺が王子の中でいちばんの年長だからだ」

聞いて、律は目を丸くした。

「いちばん年上の。だったら次の国王様？」

それに気づいて聞いてみたが、彼はあっさり否定する。

「そいつはないな」

「でも」

「俺は王位を継承する資格がない」

「でも、王様の息子さんなんでしょう」

「そこが厄介なところだな」

グレンは苦々しくそう言った。

「母は庶民出身だが、それでも国王に認知された存在だ。名ばかりの妃とはいえ、もしも万が一、国王の気が変わる事態になって、俺を跡継ぎの最年長者とみとめたら。そうなってほしくない人間は、王宮内にはたくさんいる」

きな臭い流れになって、律は唇を引き結びつつ話に耳を傾ける。

「だから母は俺を産んでからこのかた、暗殺の危機に晒されつづけてきた。くわしいことは省いておくが、俺が幼いころからいまにいたるまで母が床に伏せがちなのは、そんな事情によるものだ」

それは、仕組まれた事故とか……毒とかで？

グレン親子が置かれていた状況の厳しさに律は胸が痛くなった。

「俺は母を生かすために王宮の便利使いになるしかなかった。この国の王と、王位継承順位第一位であるハーラルト。あいつらの言うままに動いていれば、母の立場もそれなりに保たれる」

それでなのか、と律は自分が殺されかけたときのことを思い出した。

リアンに腹を立てていたのはハーラルト殿下なのに、グレンが自分を処断するためにひそかに遣わされたのはそういう背景があったのだ。

「王宮の人間も口には出さないが知っている。国王とハーラルトが表立って処断できない貴族たちをひそかに亡き者にしているのが誰なのか」

だから宮廷人からは恐れられ避けられている。そこまで言って、グレンは頬に薄い笑みをのぼらせた。

「そんな顔をしなくていい。聖女様のおかげをもって、それとは風向きが変わったから」

そんな顔とはどんなものかわからなくて、けれども彼がそう教えてくれたのに救いを感じる。

「マリリンが祝福を授けたから、なんですね」

「ああ。母がそのような存在になったなら、王宮の連中はうかつに手出しができなくなる。この国での聖女様というのはそれくらい尊ばれる地位にあるんだ」

「じゃあ、グレンさんのお母さんはもう大丈夫なんですね。これからは命を狙われることはない？」

「ああ。かなり高い確率でそうなるな」

「そうなんですか。それはよかった」

心底からの安堵がため息になって出た。

「なぜ、よろこぶ」

「え？」

「俺の母の事情などおまえには関係がないはずだろう。それに俺はおまえを手にかけようとした。母とおまえとを秤《はかり》にかけて、おまえを消すことを選んだんだ」

なのにどうしてと彼のまなざしは問いかける。

「それは」

グレンの言うことはもっともで、けれどもその漆黒の眸の中に苦しいものが滲んでいる。だから律には彼を責める想いはなかった。

「グレンさんは、でもそうしたくてしていたのではないんですよね。だから僕が簡単に善《よ》い悪いとは言えません」

そのときどきの事情があり、判断がある。それは当事者たちの立場によっても違うものだ。勤め先の役所の窓口で律が対応していたときに、それは何度も感じていた。誰が善くて悪いかを裁くのは、少なくとも自分ではないのだと。

ただ話を聞くことと、求められればささやかなアドバイスを。自分にできたのはそれくらいのものだった。

「あなたにとって、お母さんの無事が担保できたのはよろこばしいことなんでしょう？」

グレンは唇を引き締めてから肯定の仕草をした。

「だったら、僕もおなじでいいです。僕も死なず、お母さんもこれからは危険がなくなるね、よかったでしょう、と律は言う。知らず、なだめる調子になっていたのかもしれなかった。

「おまえはずいぶんとお人好しだな」

少しの間黙っていたあと、なんとなく困ったふうに彼がぼやく。

「こんな人間は初めて見る」

珍獣みたいな言われようだが、律は腹が立たなかった。

彼がそれで自分に対する罪悪感や、しこりをなくしてくれるならそれでいい。そもそもグレンが処断の命令を受けたのは、前の僕なのだから。

そう考えてから、あれっと思った。

いままで自分はリアンのことをまったくの他人だと考えてきた。なのに、このときはなんのひっかかりも違和感もなく『前の僕』という言葉が湧いた。もしかすると、この身体と自分とが馴染みはじめたためだろうか。もっとも過去の記憶については少しも思い出せないのだが。

そうした思考を追いかけて、つかの間目の前の男から意識が逸れていたときだった。

「リアン」

一瞬自分のことだとは思い当たらず、ぼんやりとしたままに彼を見返す。

「マリリン殿との約束は、俺の母親の安全と引き換えだった」

それは知っている。ゆえに自分の本意ではない、そのことをわかっておけと言うのだろうか。

しかし彼はすぐに口をひらかずに、リアンのほうに腕を伸ばす。律は彼の手で自分の手が掬《すく》いあげられていくのを、なすすべもなく見ているばかりだ。

だって、月光を浴びている彼の眸がこれまで見たこともないくらいに光っているから。その輝きに魅入られて、律はそれしか目に入らなくなっている。

「俺は今夜、俺自身に誓いを立てる」

言いながら、彼はさらに律の手を引き寄せる。

「俺はきみを大切にする。どんなものからも守り抜く」

そうして律の手の甲に口づけた。

男の唇の感触を自分の肌におぼえた瞬間、律の全身が固まった。

熱いような冷たいような、なんともわからない感覚が律の心を震わせる。

静かな夜。ふたりだけで見つめ合う夜。律はすでに言葉を失い、端正な男の顔とこちらを強く見つめてくるまなざしを、痺《しび》れたみたいな心と身体でただひたすらに見返していた。


「リアン様。旦那様がお帰りです」

マルガの知らせに律はいきおいよく立ちあがった。

「はいっ」

マルガにつづいて足早に部屋を出て、玄関ホールに向かっていく。廊下から階段を下りていくと、ちょうど正面玄関の扉が開いたところだった。

「おかえりなさい」

屋敷に戻った黒衣の男は律をみとめてかるくうなずく。それから執事にコートと手袋を脱いで渡すと、律の前に歩みを進めた。

「いま帰った。今日はなにごともなかったか」

「はい」

元気よく返事をすると、彼は目を細めながら律の手を取る。

「それはよかった」

そうして律の手の甲に口づける。これはここのところの習慣みたいになっていて、それでも毎回律の脈拍があがってしまう。

「今日はおまえに土産《みやげ》がある」

「え。そうなんですか」

うれしいけれどもなんだろうと、ほんのちょっぴり警戒する気持ちが湧いた。

まさかとは思うけれど、前に連れられていった店の高い品物じゃないだろうか。

「大丈夫だ。おまえが気にならない程度のものだ」

内心を読まれたのか、彼がそんなことを言う。

「ありがとうございます」

「礼は早い。まずは夕食を済ませてからな」

そう告げて、彼はいったん着替えのために自室に向かう。律は彼の広い背中を見送ってから、自分の手の甲に目をやった。

屋敷のみんなが見ている前ですごく恥ずかしいんだけれど。なんだか無性に照れるというか、むずがゆくて……だけど、嫌じゃないんだよなあ。

バルコニーで律がグレンから手にキスされて、二週間。あれからグレンは屋敷に戻ってきたときに、欠かさず律の手に口づける。

レディにされる仕草みたいで恥ずかしいし、出迎えに集まっている屋敷のみんなに見られるのは照れくさい。なのに、彼にそうされるのを待っている自分もいるのだ。

もっともグレンにしてみれば、丁寧な挨拶のつもりだろうし、自分が意識しすぎるのは変だろう。

ここは前の世界とは違うわけで。王位継承権はともかく、王子の身分のグレンなら宮廷での礼儀作法も身についているのだろうし。

律は自分にそう言い聞かせつつ、食事の間に入っていく。

白いクロスのかかっている大きなテーブルに座って待つと、さほどもかからずグレンが姿を現した。

「ああ、座ったままで」

律があげた腰を半ばに彼がとどめる。

「俺に気を遣うことはない」

最近グレンはもっと自由に、好き放題に過ごしていいと言ってくれるが、こんな豪邸で下にも置かないもてなしを受けておいて、気にしないのは無理だと思う。

けれども律は「はい」と応じて彼が着席するのを見ている。

反論しても口では到底勝てないし、下手をすれば「おまえは俺の大切なひとだから」なんて台詞を聞かされてしまうから。

あれを耳にするたびに律は「わあっ」と叫び出したいくらいに落ち着かない気分になるのだ。

律が心中でもだもだとしているうちに、夕食はとどこおりなく過ぎていき、あとはサロンに席を移して食後のお茶を飲む時間になっていた。

「美味しかったです。ごちそうさま」

食事の差配をしてくれていた執事に述べて、律はグレンに視線を戻す。

漆黒の眸が印象的な彼は、そのまなざしの鋭さをいまはゆるめて、律におだやかな表情を見せている。

「茶を飲む前に、今晩もあれをするのか。疲れていればなしでもいいが」

「いいえ。お願いします」

律はぺこりと頭を下げる。それからふたりして食事の間を出て、ここ数日は恒例となっているあの場所へ向かっていった。

ここには屋敷の使用人たちはまず用もなく入らない。ふたりだけの時間と空間。律は先に扉を開けると、目当ての場所に早足で行き着いた。

「たしかあの上に……」

　昨日目をつけていたあれがあるはず。律は棚にかけられた梯子をのぼり、読みたかった本を書架から引っ張り出した。

「う、わわっ」

　いきおいあまってのけぞったその拍子、律は梯子から足を滑らす。完全に体勢を崩してしまって、持った本ごと床に落ちていこうとしたとき。

「リアン」

　その声とおなじくして差し伸べられた彼の両手が律を支える。すんでで床への転落をまぬがれて、律はほっと息をついた。

「あ、す、すみません」

　グレンは背後から律の身体を抱きとめている。律の足のいっぽうはまだ梯子にかかっていて、ずいぶんと中途半端な体勢だった。

　どうしようかと思っていたら、グレンが梯子から剝がす速さで律を引き取り、器用に空中で抱き直す。

「大丈夫か」

「はっ、はい。ありがとうございます」

なんとか礼は述べたものの、律の心臓はせわしなく動いている。

「もう平気なので、下ろしてもらえれば」

どぎまぎしながらなんとかそれだけ口にする。

「ついでだ。サロンまでこうして行こう」

「ちょ、ちょっと」

待って。下ろしてください。言う暇もなく、彼は大きなストライドで歩きはじめた。

屋敷の図書室を出て、廊下からサロンまで。律は目を白黒させつつ歩行の振動を感じている。

「だ、誰かに見られたら」

「問題ない。俺の屋敷だ」

それはそう……なんだろうか。グレンはいいとしても、自分はやっぱりお姫様だっこの現場を見られるのは恥ずかしい。

べつの意味でも律はどきまぎさせられながら、ようやくサロンにたどり着いた。

「あら」

運悪くと言うか当然と言うべきか、室内にはマルガがいて、お茶の支度の最中だった。彼女が顔色には出さないものの、ちいさくそうつぶやいたのを律の耳はしっかりと聞き取った。

「グレンさん、もう大丈夫。お願いですから」

下ろしてください。言葉でも視線でも訴えて、なんとか抱っこから逃れられた。ソファに

腰かけた律はもうマルガの顔が見られなくて、ひたすらうつむくばかりだった。

「リアン様。デザートはいかがでしょうか。今夜のは特別でございますよ」

それでも彼女に声をかけられて目線をあげる。

見れば、テーブルにはふわふわのロールケーキが置かれていた。

「美味しそうです」

「それはようございました。旦那様のお土産ですよ。どうぞ召しあがれ」

グレンの持ち帰りと聞かされて、律は目を丸くする。そう言えば、土産があると聞いていた。

「あの。ありがとうございます」

告げてから、律はフォークを手に取って、綺麗に切られて皿に盛られたケーキをひと口の大きさにする。そうして、生クリームのたっぷり入ったそれを自分の口に運んで、

「やわらかい。口の中で溶けました」

すごいです、と律が感心して言うと、グレンが唇の両端をあげてみせる。

あ。よろこんでる。ささいな表情の変化でも、律にはそれがわかるようになっていた。

「ほんとに美味しいです。グレンさんがこれをわざわざ買ってきてくださった？」

「評判が良いと聞いた。口に合ってなによりだ」

このひとがケーキ屋で律のために買い物をしてくれた。彼にとってはまず縁のない場所だろうに、あえてそのために時間を使って立ち寄って？

その光景を想像すると、ケーキを食べたときよりも甘いものが胸に広がる。

「おまえは食が細いからな。そうしたものでも食べられればと考えた」

彼のやさしい気持ちだけで、律はすでにお腹いっぱいになりそうだ。

満足そうにこちらを見ているグレンと目を見かわすのが気恥ずかしくて、あせって食べようとした律はケーキの欠片を気管のほうに入れてしまった。

「ああほら。大丈夫か」

背を丸めて噎《む》せていれば、彼が傍に腰を下ろして心配そうに覗きこむ。そうして背中を大きな手で何度もさすってくれるから、呼吸が苦しいさなかでも律の心中は甘いままだ。

「落ち着いたか。なら、これを飲め」

紅茶の入ったカップを渡され、飲むところを見守られる。

ごく近くから囲いこむように寄り添われると、なんだかとっても大切にされている実感が湧いてきてこそばゆいし、どきどきもする。

こんなにやさしいひとだったかなあ。律は唇をゆるませながらそう思う。

この屋敷に最初に連れてこられたときは、俵かつぎだったのに。

「グレンさん。ありがとう」

あらためて言いたくなって、彼の目を見つめながら告げてみる。

「礼には及《およ》ばない」

そのあと彼はふいと視線を逸《そ》らすから、どうしたのかと不安になった。

「グレンさん？」

すると、彼はこちらのほうに向き直り「おまえがうかつで頼りないから、俺があれこれ世話を焼くのは当然だ。こんなに痩せて虚弱なおまえを健康な体質にしていくのは、俺の目下の責務だからな」と口早に断じてくる。

わりと失礼な台詞だった気もするが、そう言う彼の雰囲気はやさしいままで、律は少しも反発する気にならなかった。

「はい、グレンさん。いつもお世話になっています」

律がにこにこして応じると、またも彼は唐突に顔を背けて「せっかく持ってきたんだから本を読め」とうながしてきた。

これも素直に受け入れて、律は彼の隣に座って本をひらいた。

この屋敷に来てしばらく経って、律は自分の知識のなさにこれではいけないと痛感した。乙女ゲームの世界観がそのまま反映されているから、数や時間や曜日の単位は律のいた前世のまま。それはありがたいことだけれどここ特有の考えかたや社会情勢もあるようだ。

階段落ちのショックのせいで、リアンの記憶はおぼろげになってしまった。マリリンがそんなふうに周囲に説明したおかげで、当面その言い訳は外向きには使えるだろうが、この世界のあれこれを知らないのはさすがにまずい。

なぜなら自分は悪評ふんぷんの悪役令息。いずれまたどこかで非難を受ける可能性も考えられるし、そのときにこの世界の情報があるにこしたことはない。

律はひとまず自分のどきどきを引っこめて、この国の地形や政情をおぼえることに集中した。

「あの。リアンさん、ここなんですけど」

本から知識を得ようとしても、たいていどこかしらわからない箇所が出てくる。こういうときに頼りになるのがこの男だ。

「ここの国との関係性って、いまはどうなっているんでしょう」

隣でゆったりとカップを口に運んでいたグレンがどれどれと覗《のぞ》きこむ。

「カラバルロ王国か。あそこは昔からからくり仕掛けや宝石の研磨、加工が得意だな。農地は我が国とくらべて狭く、山岳地帯も多いから、冬は他国に出稼ぎにいく民も多いようだ。我が国は豊富な農産物を彼《か》の国に売り、逆に宝飾品のたぐいを買いつけている」

「国同士の仲はどんな感じですか」

「我が国と国の境が一部接しているのだが、とくに緊張状態ではない。我がウンタースヴェルク国は領地も広く、国土は豊かだ。ゆえに我が国土を狙う虎狼《ころう》たちが出てきてもおかしくないが、いまのところ幸いにもそうした動きはいっさいない」

「つまり、全体的にのどかな感じ？」

「そうなるな。我が国も含めて、王や国の顕官どもがすべて善良なはずはないが、なぜか紛争は過去も現在も起きていない」

それはもしかして。

律はその仕組みについて思い当たるところがある。そもそもここが乙女ゲームの世界だから。政治や軍事など生臭い出来事は希薄なんじゃないだろうか。

「それなら安心ですね」

「ああ。王都の治安もいまのところ問題ない」

律はこっくりうなずいた。

これはこのサロンでのやり取りでグレンから聞いたことだが、彼は王都の治安部隊を自警団というかたちで国王から任されているのだった。

おとぎ話の世界のようなこの国でも、ちいさな犯罪の発生や、他国で食い詰めた領民がこちらの国に流れてきて悪さをすることもあるらしい。それを解決したり、未然に防いだりするのがグレン率いる自警団だ。

ただ、これはあくまでグレン自身の私設部隊となっていて、武力で民間人に介入してくる威圧的な存在と嫌う人達も少なからずいるという。

「王国の騎士団は、王都の見回りはしないんですか」

それがちょっぴり不満で律は聞いてみる。グレンはかるく肩をすくめた。

「騎士団は、国境付近の砦《とりで》で見張り、それに辺境地域に出没する魔物討伐が任務だからな」

そちらはつまり正規軍。それにくらべてグレンのほうは正式な権限のない私兵集団というわけだ。適材適所とは思いたくなく、律は知らずに眉をひそめていたらしい。

「気にするな。俺は俺のやれることをやるだけだ」

なだめる調子で彼が言う。ついでのように頭をぽんぽん叩かれて、またも甘やかされたとわかる。

「それより明日、庭を散策してみないか」

話題を替えられて、気遣われたなと思いながら律は端正な男の顔を見つめ直した。

「庭ですか」

「ああ。屋敷の中にいるだけでは退屈だろう。運動がてら敷地内を歩いてみよう」

その提案には異存がなく、律は翌日の朝食を済ませると、彼と連れ立って建物の外に出た。

「広いですねえ」

窓から見て見当はついていたが、実際に歩いてみると相当なものである。

緑の中を石畳の小道が延々とつづいていて、途中には石造りの噴水や四阿《あずまや》がつくられている。道のところどころには花のアーチが設けられ、池も森もここの敷地内にある。律はどれだけ広いんだろうと感心しながらあたりを見回して進んでいった。

「あれは？」

気づいて律が指さした。ふたりが行く少し先にはガラスで囲われた建物がある。

「温室だ。入ってみるか？」

そんなものまでここにはあるんだ。律は感嘆のため息をつき、グレンに誘われるままに温室の方向へと足を運ぶ。

ほどなくそちらに行き着いて、おなじくガラスでできている扉をくぐると、緑の息吹を強く感じた。

「わあ。綺麗です」

大きな葉に鮮やかな色の花。見ても種類はわからないが、たくさんの植物が温室内部いっぱいに植えられている。小鳥もいるらしく、木々の向こうから澄んだ鳴き声が聞こえてきた。

「素敵な場所ですね」

「庭師の趣味だ」

足を止めてまわりを眺め回していると、グレンがこちらに来いと手招く。

「結構歩いたから疲れたろう」

座れと示されたのは籐《とう》でできているソファだった。三人は座れるもので、ふっくらしたクッションが両端に置かれている。

「ここにはよく来られるんですか」

「ごくたまに。年に数回ほど、気が向いたときだけだ」

「こんなに綺麗なのに。旦那様に来てもらえる機会がないのはちょっともったいないですね」

貧乏性なことを言いつつ、グレンが隣に座ってきたから背筋を伸ばしてかしこまる。

「それなら、おまえがちょくちょく訪ねてやるといい」

「僕がですか」

「ああ。気に入った花があれば、好きに切ってかまわない」

ここのでも、庭のでもと、グレンが鷹揚《おうよう》に許しをあたえる。律は少し考えてから、

「では、そのうちに少しだけいただきますね。サロンに飾ったらきっと素敵だと思いますので」

ああそうしろと彼はうなずく。そのあとはふたりして鳥の声に黙って耳を傾けた。

ここはとても静かで安らかな空間だ。花びらがフリルのようになっている赤い大きな花を見ながら律は思う。

ここにいれば安全だ。まるでこの平穏がずっとつづいていくみたいに錯覚できる。

でも……と律は考える。この平和は限定的だ。いずれ律はここを出ていかねばならない。

「僕はこれからどうすればいいのかな」

律はちいさくひとりごちる。マリリンと連絡がついたなら、多少は身の振りかたがはっきりするのかもしれないが。

「グレンさん」

「なんだ」

「マリリンはいまどうなっているのでしょう」

「彼女はいま王宮にいる。聖女であることがあきらかになったから、そのために宮廷の体制をととのえる必要がある。聖女様がこの国に現れたのはおよそ二十年ぶりだからな」

「だから、マリリンも忙しい？」

「今後の儀式や枠組みを廷吏《ていり》と決めねばならないし、そのためには彼女の意向も聞きながらとなるだろうしな」

いったんうつむいてから、思いきって律は言う。

「マリリンに手紙を書いたら、それを渡してもらう方法がありますか？」

グレンはしばし黙していたあと、律を見ないで口をひらいた。

「そろそろ家に帰りたくなってきたか」

とっさには返事ができず、律は『家に』とはどこだろうと考える。

いまの立場上からいけばアンセルム侯爵家なのだろうが、そこは自分自身にとっては見も知らぬ場所だった。ならば、前の世界の自宅、ひとり暮らしのワンルームにか？

なんだかずいぶん昔のことに感じるが、ここに来てからまだひと月も経っていない。

もしもあのワンルームに帰れたら、ふたたび区役所ではたらいて、判で捺《お》したのと変わりない毎日を過ごすのか。そうして長年の片想いに終止符を打ち、色のない世界でそれからも生きていく？

「僕は……わかりません」

こちらに転生してきたからには、帰るすべがあるようには思えない。それに、もし帰る方法があったとして、自分はそうしたいのだろうか。

「わからない？」

グレンに問われ、律は曖昧に首を振る。

本当に自分の気持ちがわからないのだ。ただひとつはっきりしているのは、いまの場所から出ていったら、このひととこんな時間はもう持てないということだ。

「僕は、この屋敷が好きです」

迷ったけれど、正直に言うことにした。

ここでこのひとと隣り合って座っているのは、奇跡のようなものだから。二度とないかもしれない時間を、律は嘘にしたくなかった。

「ここでの生活は、僕にとっては夢みたいなものなんです。マルガさんや執事さんも親切ですし、ゆったりと流れる時間も、静かな図書室で過ごすひとときも楽しいです。それに」

毎日あなたと一緒だから。それは口に出せないで、すぐれた姿の男を見やる。

「こんなにおだやかで、なのに充実している時間は、初めて味わう気がします。あなたと毎朝ご飯を食べて、夕方には帰りを待って。屋敷に戻ったあなたと過ごす毎日は本当に夢みたいです」

かならずいつかは消えてしまうものだけれど。

「それなら夢にしなければいい」

言いざま彼が身動きする。あっと思った直後には、広く逞しい男の胸に抱かれていた。

「グレン、さん……？」

自分はなぜ抱き締められているのだろう。まばたきしつつ見あげたら、真摯《しんし》なまなざしとぶつかった。

刹那に心臓が跳ねあがり、律はそこから目が離せなくなってしまった。

「おまえが帰りたくないのなら、マリリン殿に会える算段を俺はつけよう」

「そんな、ことが」

声が震えないように、精いっぱいに気をつけた。

「王宮にいるマリリンに？」

「聖女様を披露するパーティが近々もよおされるはずだから。その折に、俺がおまえを連れていく」

「わか、わかりました」

グレンならばきっとそのとおりにしてくれる。そして、マリリンと直接話をさせてくれる。

「ありがとう、ございます」

「礼にはまだ早い」

グレンは「だから」と言ってから口を閉ざし、ややあってからぼそりとつぶやく。

「こんなものが俺の内にあったとはな」

その意味はわからなくて、けれども律は自分の中からこみあげてくる情動に惑い乱れて、自分を囲いこむ男の腕から動けずにいるのだった。


マリリンに会わせてくれるとグレンは言った。その朝から四日が経ち、今夜もまた彼は屋敷に戻ってくると、律の手の甲に口づける。

これはもう恒例で、律はそのたびに心臓を跳ねあげているのだけれど、グレンがなにを考えているのかは理解しがたい。

ただの礼儀作法なのか。それともなにかしらの意味があるのか。あと、あれだって……。

律は温室でグレンから抱き締められた出来事を思い出す。たんなるいきがかりでそうなったのか。自分がしょんぼりしていたから、慰めるつもりでしたのか。たぶんどっちかだろうと悩んだ末に結論づけ、それでもこうして彼が自分の傍にいると落ち着かなくなってしまう。

「どうした？」

彼の前で心を揺らして立っていれば、いぶかしむ顔つきで問われてしまった。

「あっ、いえ。なんでも」

いけない。いつまでもあの折の光景を頭に浮かべているなんて知られたくない。律は急いで平静をよそおう。

「グレンさん、お疲れさまです。もしよければ、夕食後にまたお話を聞かせてもらってもいいですか」

これは成功したらしく、彼が鷹揚にうなずいた。

「ああいいとも。今夜もおまえがどんな質問をしてくるのか楽しみだ」

そうしてふたりは言葉どおり夕食後にサロンに移り、さまざまな会話を交わした。

律が目下興味があるのは王都に暮らす住民のことだった。国の成り立ちやその周囲の国々との関係性。地形や、それに関連する生産物は書籍にも記述があったが、国民の生活ぶりは本の知識としては得られなかった。

グレンとの生活は気持ちの問題は別として、平穏そのものだったので、考えるための時間はたっぷりとあったのだ。学校は。病院は。上下水道、通信や交通の整備については。区役所勤めをしていた律はそのあたりがどうしても気にかかる。

こうしてグレンとのティータイムのとき、しつこいくらい彼に聞いて、律はひとつの結論を得た。

「ずいぶんふわっとしてるんですね」

この世界が乙女ゲームの背景であるのなら、それでも不思議はないのだが。

「そうだが、そもそも庶民の暮らしとはそのようなものだろう」

ゲームの背景、十把《じっぱ》ひとからげのモブだから、今日も明日もおなじ生活をしていればいい。庶民は庶民のまま。貴族のために税金を払いつづけて。

「でも、僕は気になってしまうんです。庶民の中にだって能力が高い人間もいるはずで。なのに高等教育を受けられないのはどうかなって。王立学園は貴族ばかりなんでしょう。あの施設も庶民が納めた税金からできているなら、彼らだって入学していいはずなのに」

言うと、グレンはちょっと視線を宙に投げ、それからなるほどと腕を組んだ。

「身分にかかわらず教育を受けていい、か」

「そうしたら能力のある人材を幅広くつのれるでしょう」

「どこにだ」

「学校とか、病院や研究所とか、役所とかに」

「王宮の官僚にもか」

「はい。その能力がみとめられれば」

グレンは唇の片端を引きあげた。

「それは面白いな。そうなれば、貴族の位しか取得がない連中の言いなりにならなくてもよくなるわけだ」

だが、とグレンが言う。

「その話を王宮でするんじゃないぞ。とくにハーラルトには。危険思想の持ち主だと決めつけられて、ろくでもない結果になる」

「……ですよね」

やっぱりそうか。貴族や王族の特権を、その当事者が手放すわけはない。がっくりと肩を落とした律だったが、そのすぐあとに気がついた。

「王宮で話を……って、もしかして」

「ああ。二日後に宮中舞踏会がひらかれる。聖女様を国内外に披露する予定だそうだ」

その会に律を連れていくと言う。

「僕が行ってもいいんですか」

「マリリン殿の意向が優先されたようだ。非公式にだが、おまえも王宮にあがっていいと」

律は顔を輝かせた。

「ありがとうございますっ」

この世界で唯一、自分が本当は律だと知っている人間。幼馴染で気心がしれた相手であると同時に、自分を偽らなくてもいい存在に会えることがうれしかった。

「彼女からおまえへの伝言だ。舞踏会ではかならず話せる時間を取るから、そのつもりでいてくれと」

うなずいてから、気持ちが高揚するままに隣の男の手を取った。

「グレンさん。マリリンに連絡を取るのって、すごく大変だったでしょう。本当にありがとうございます」

「いや……」

彼らしくなく口ごもり、握られている手のほうに目を落とす。その仕草でハッとなって、律は急いで手を離した。

「あ、あの。すみません」

恥ずかしくて、腰をひねると彼から自分の顔を隠す。すると、グレンは肩に手をかけてきた。

「こちらを向いてくれ」

顔が熱いから、きっと赤くなっている。嫌々と首を振ったら、今度は律の心を撫《な》でてくるようなやさしい響きが。

「そうしてくれ。おまえの顔が見たいんだ」

うながされて、ゆっくり姿勢を変えていく。

見つめ合うと、律の心は簡単に乱れてしまって、居ても立ってもいられないような気持ちになった。

「おまえの話はいつも新鮮な驚きがある。俺が考えつかないような発想をして、なのにそれらを聞いたとたん、すっと腑に落ちる気がするんだ。まるでその考えが当たり前みたいに。

元々そうした価値観が俺の中にもあったみたいに」

「そう、なんですか」

顔が真っ赤になっていなければいい。そう願いつつ、気もそぞろに律は応じた。

「ああ。俺はこの屋敷に戻ってくるのが楽しみになっている。おまえが来るまでは、ただの拠点、食って寝るための場所に過ぎなかったのにな」

いつの間にそうなったかな。彼がゆるやかに手を伸ばし、律の頬に触れてくる。男の指を自分の肌に感じた瞬間、律はぎゅっと目をつぶりそうになってしまった。

「おまえはどうだ。俺とこうやっているのは好きか」

聞いてくる男の眸がわずかに揺れる。そうと気づいた刹那、律の胸が苦しいほどに締めつけられた。

「ぼ、僕も。グレンさんが帰ってきてくれるのが待ち遠しいです」

「俺とふたりでこうしているのは?」

「楽しい、です」

「本当に?」

胸がいっぱいになりながら、律はこくんとうなずいた。

「グレンさんと一緒にいるのは……僕、好きです」

その言葉を発したとたん、頭に血がのぼってしまう。きっとみっともないくらい真っ赤に

なっているはずだ。

「リアン」

けれども彼がその名を口にした直後。律の背筋に冷たいものが走り抜けた。

「……どうした、リアン」

急激な律の変化に、彼が目をすがめて問う。とっさになにも言えないで視線を逸らし、それからかすれた声音で応じる。

「なんだか……寒気がして」

「なに。大丈夫か」

「はい。たぶん……少し、寒くなってきたから」

律がごまかしの言葉を洩らすと、グレンは疑うことをせず、心配そうに体調を気遣う言葉をこちらにくれる。それから具合が悪いと見定め、メイド長のマルガを呼んだ。

「寒気がするそうだ。部屋に戻して、暖かくしてやってくれ」

そうして律には「長いあいだ引きとめて悪かったな」とあやまってくる。

「いえ。こちらこそ、すみません」

嘘をついたうえ、相手に謝罪をさせたことが心苦しくてしかたない。律はずきずきと痛む胸をかかえながら、何度もグレンに頭を下げると、マルガにいたわられながら重い足取りで歩みはじめた。

「旦那様は本日はお戻りになられないと連絡がございました」

夕刻マルガが部屋に来て、その伝言をもたらした。

「そうですか」

苦しまぎれの嘘を言って、律がサロンを辞した翌朝。朝食の席にグレンはいなかった。なんでも早朝に呼び出しがかかり、すぐに屋敷をあとにしたということだ。

昨夜はすみませんでしたと、心配をかけたのを詫《わ》びようと思っていたが、あやまる機会をうしなって、律は後ろめたさを引きずりながら一日中自室に引きこもっていたのだった。

「その代わりにお届け物がございますよ」

マルガが指図して、ワゴンを押したメイドを部屋に入れさせる。ワゴンには大きな紙箱がいくつか載せられていて、それを律の目の前まで持ってきた。

「ご覧くださいませ。旦那様からでございます」

律は目を丸くして、椅子の上から腰を浮かせた。

「グレンさんが？」

紙箱にはリボンがかけられ、いちばん上のそれにはちいさなブーケが載せられている。

花束はピンクと白の小ぶりの薔薇で、カードが一緒につけられていた。

二つ折りのカードを律がひらいてみれば、そこにはグレンの手で――体調はどうだろうか。今夜は一緒に食事がとれなくてすまない。明日夕方には迎えに戻るから、それまで少しでも心と身体を休めてほしい――とのメッセージが。

飾らない文言に彼らしい思いやりが感じられて、なんともいえない情感が胸いっぱいに湧きあがった。

自分はずるをしたというのに、こんなにやさしくしてくれる。律の心中にうれしさとすまなさがせめぎあい、息さえも苦しくなった。

「まだお顔の色がすぐれないようですよ。箱を開けるのはのちほどにいたしましょうか」

マルガが横から心配そうに告げてくる。

「あ、いえ。大丈夫です」

すみません、と言い添えて、律は可愛い花束を取りあげた。

「いい香り」

これはグレンが選んでくれたものだろうか。最初のころはずいぶんな強面と思ったけれど。

「まあ。これはケーキでございますね。フルーツの甘煮の瓶もございます」

こちらは今晩のデザートにお出ししましょう、とマルガは言う。

「食欲がおありにならないようでも、これだけはと思われたのでございましょうね」

グレンのやさしさが身に沁《し》みる。それにひきかえ自分のほうは。

自責の念が知らず頭をうなだれさせる。律がその姿勢でいるうちにも手を動かしていたのだろう、ふいにマルガが感嘆の声をあげた。

「まあ、これは」

リアン様、ご覧くださいとはずんだ声でうながされ、律もそちらに目を向けた。

「なんでしょうか」

近寄って見てみれば、箱の中身は新しく仕立てられた衣装のたぐいであるとわかる。

「明晩の宮廷舞踏会のお支度でございますよ」

いつの間に用意させていたのだろうか。白い絹でつくったシャツは、袖と襟とに繊細なレースが何重にもあしらわれ、一見しただけで超高級なものだとわかる。

次の箱には上着とズボン。上着の生地は濃い青で、ほんの少し紫みをおびている。その襟と裾まわりには銀糸の刺繍《ししゅう》がほどこされ、いかにも高貴な身分の者が着用する豪華さに溢れている。

そして、それはズボンも一緒で、ほとんど黒に近い青色の生地にはごく細い銀糸が織りこまれていて、まるで満天に無数の星々を描き出す夜空のようなおもむきがある。

「こちらは襟飾りのフリル止めのピンになります」

ビロード張りの小箱の中に入っていたのは、大きな青い宝石だった。その周りをぐるっと囲んで輝く石は、もしかしたらダイヤモンド？

あまりの豪華さに律が棒立ちになっていれば、マルガが脇にいたメイドのほうに「鏡を」と言いつける。それから衣装を手に取って、

「リアン様。一度ご試着をお願いしてもよろしいでしょうか」

手直しが必要なところがあれば、裁縫係に申しつけます。

言って、マルガは全身が映る鏡を隣室から取ってきたメイドと一緒に着付けをはじめた。

「お袖の長さはいいようですね。では、この上着をお召しください」

てきぱきとした仕草で衣装を順番に着せられる。律もこのころには着替えを手伝ってもらう気恥ずかしさが幾分かは薄れていたし、そもそもこんな衣装の着かたなどわからない。結局律はふたりからされるままの人形状態になっていた。

「旦那様もお目が高い。これは最上のお見立てでございますね」

律が茫然としているうちに着付けが終わったのだろう、満足そうにマルガが言う。

「さあ、鏡をご覧くださいませ」

うながされて、律がそちらに視線を向ける。とたん、息を呑んでしまった。

「お美しゅうございます」

めったに見せない笑顔を浮かべてマルガが告げる。

「リアン様の眸のお色に襟の宝石がよく映えておられます。それにこのお衣装も。王族にも

おられぬような、高雅なお姿でございます」

「本当に素敵です。まるで夢の景色のような」

マルガの背後にいるメイドがうっとりとつぶやいた。

それを目の端に入れながら、しかし律はなんとも複雑な気持ちがした。

この鏡に映っているのは自分だけれど、自分じゃない。アンセルム侯爵令息リアンそのひとの姿なのだ。

波打つ金髪。すらりとした肢体に、よくととのった繊細な顔立ち。二重の大きな眸は青い宝石が嵌《は》めこまれたようであり、肌は白絹を思わせるなめらかさ。グレンが贈ってくれたこの衣装は、自分へのものじゃない。

鏡を見て、律はそうとしか判断できない。

この装いは、ごく平凡な区役所勤めの男にではなく、輝く美青年貴族であるリアンへのものだった。

「リアン様。いかがでございますか」

声をかけられ、律は鏡から目を逸らしてそれに応じる。

「あ、そうですね……サイズはぴったりだと思います」

まるで他人事のように、律は自分が洩らしたその声を聞いていた。

翌日の夜、律は王宮に向かう馬車に乗せられていた。

体調が悪いと言った律を慮《おもんぱか》ってか、座席の両脇にはクッションが山盛り設けられている。その正面の席にはグレン。今夜の彼は舞踏会にふさわしく立派な衣装を着こんでいる。普段と変わらないのは黒を基調としていることだが、素材もデザインもいつもとくらべてはるかに上質なものだった。

彼が迎えに来てくれたとき、律はその格好良さに思わず目を丸くしてしまったが、グレンもまたこちらを見て驚いたようだった。

——これはなんと……思った以上だ。

ありありとした賞賛の浮かぶ眸を見返して、しかし律は浮かない気分のままだった。

——僕の身に余る衣装を贈ってくださって、ありがとうございます。

——いや、とんでもない。身に余るなど。とてもよく似合っている。

褒められても、恐縮するばかりの律に、グレンは体調がはかばかしくないせいで気持ちが沈んでいるのだろうと思ったらしい。気遣いながら馬車までエスコートしてくれ、座席のクッションを律が楽に座れるように丁寧にととのえてくれたのだった。

そうして向かい合って、しばらく進んでいったとき。

「今晩は少しばかり不都合があるかもしれない」

黙ったまま考える風情のグレンが、そんなふうに切り出した。

「だが、俺はおまえの後見人だ。なにがあろうと俺はおまえを引き受けると決めている。だから、おまえもそのつもりでいてほしい」

「はい」と承知してから、律は真剣な男の顔を見つつ聞く。

「それって、王宮で僕の弾劾裁判がはじまる予定だからですか」

「いや。そうはさせない。国王陛下にはすでに話を取りつけてある。マリリン殿からの取り成しも功を奏して、おまえが罪に問われることはないだろう」

ということは、自分の立場は相当に悪かったのを、グレンのはたらきかけのおかげでかろうじて助かった？

「ありがとうございます。本当に」

深々とお辞儀すると、グレンは少しあわてたふうな様子を見せた。

「ああそうじゃない。礼や詫びを言わせるつもりではなかったのだ。ただ俺は」

そうして彼は手を伸ばし、そっと律の右手を取った。

「このあとも俺と一緒だと伝えたかった」

「グレンさんと？」

「そうだ。俺の屋敷でともに暮らそう。俺はこれからもずっとおまえと過ごしたい」

真摯なまなざしが律の心を大きく揺らす。

自分もそうしたい。このひととおなじ時間を過ごしたい。

けれども……それで本当にいいのだろうか。こんなに素敵な男なら、いつかは誰かと結婚してふたりの家庭を持つだろう。

そう。律が長年片想いをしつづけてきた二見のように。

それに、自分はそもそもグレンが思っているリアンそのひとではないのだから。もしも律が本来のぱっとしない見かけの男であったなら、はたしてグレンはこんなふうに言っただろうか。

それはもちろん、グレンが表面に惑わされる軽々しい男だとは思っていないが。

「おまえも俺と一緒にいるのが好きだと言ってくれただろう。いますぐに返事を寄越せとは言わないが、考えてみてくれないか」

すぐに返事ができない律を迷っていると受け取ったのか、グレンがそう告げてくる。

律はうなずくしかできないで、思い悩む心をかかえているうちに、やがて馬車は王宮に到着したようだった。

「さあおいで」

先に馬車を降りたグレンが、律に手を貸して外に出す。

「今夜のもよおしは聖女様のお披露目もかねているから、招待客がかなりいる。具合が悪くなりそうだったら、無理せず早めに教えてくれ」

「はい。あの……舞踏会ってことですけど、踊らなくてもかまいませんよね」

女性じゃないから、誰かにダンスを申しこまれることはない。そう思っていたのだけれど、どうなのだろう。

遅まきだがそちらのほうに思いが至り、いまさらながら聞いてみる。

「全員参加が義務だとか、そういうことは」

盆踊りやフォークダンスの集いとは違うだろうが、具体的に舞踏会とはどういうものか想像しかねる。それでおずおずたずねてみれば、グレンは眉をあげたあと、面白そうに告げてくる。

「それはないから大丈夫だ。もっとも招待客が全員同時に踊ったら、愉快な光景になるだろうがな」

「あ、そうですか。そうですよね」

自分はどうやら馬鹿なことをしゃべったらしい。

内心あせっている暇にも、グレンは律をエスコートして舞踏会の会場への道のりを進んでいく。途中、何人もに視線を向けられ、なかには振り返ってまでこちらを見てくる人達もいるようだったが、はじめての王宮、しかも会場の空気に圧されて、律はただ前を見て歩くのが精いっぱい。

マリリンに会えてふたりで話ができたら。そうしたら、すぐにここから帰りたい。

場違い感をおぼえるあまり目いっぱいに緊張していて、けれどもリアンであったこの身体はいかにも物慣れたふうに優雅に足を運んでいく。しばらくのちに、律は皆が居並んでいる大広間にたどり着き、グレンと一緒に端のほうにたたずんだ。

「まもなく国王陛下のお言葉がある。そのときに聖女様もお出ましだ」

グレンがささやきでそう教えてくれたとおり、さほどもかからず「国王陛下のお成り」と先触れが声を張る。

この方がグレンの父親。そう思って遠くから眺めてみたが、茶色い髪と髭《ひげ》の陛下は見た目としてはさほどグレンと共通点がなさそうだった。

むしろハーラルト殿下のほうが父親に似ているのかな。そんなことを考えているうちに一段高いところにいる陛下の声掛けが終わって、いよいよマリリンの登場する番が来た。

今夜のマリリンは、リボンとフリルに飾られたピンク色のドレスを着ている。それは前とおなじだけれど、いま着ているもののほうがずっと綺麗だし豪華に見える。

「今夜はわたくしのためにご立派な方々にお集まりいただき、うれしくも光栄に存じます。このたび、わたくしが聖女の力に目覚めましたこと、皆様にお知らせいたしますとともに、微力ながらこの国の皆様に癒しと幸いをお届けできるよう努めさせていただきたく思います」

落ち着きはらって述べたあと、マリリンは右手でなにかを投げあげる仕草をした。

「この場の皆様に祝福を」

言うなりマリリンの手のひらからピンク色をした花びらが噴きあがる。会場全体に降りかかる数多くの花びらは実体ではなく光彩がそう見せていて、舞い散ったそれらはまもなく消えていった。

素晴らしい。さすがは聖女様。人々の歓声を浴び、マリリンはにこやかに手を振っている。

律はその光景を見て、ただひたすらに感心していた。

ほんとにすごい。堂に入った聖女っぷり。

こういうのを目の当《ま》たりにしてみれば、聖女になることをマリリンが本気で望んでいるとわかる。

自分の親友が思ったとおりの生き方をするのを眺め、律は素直によかったなあと感じられた。

「ねえ、グレンさん」

「うん？」

「これってマリリンの晴れ舞台ってやつですよね。僕、マリリンが楽しそうでうれしいです」

隣の男にこそっと告げる。彼は目を見ひらいたあと、苦笑に近い顔をした。

「いまのおまえなら本気でそう思うんだろうな」

「はい」

マリリンは聖女様の祝福イベントを終えたのち、ハーラルト殿下のエスコートで会場を回りはじめた。たぶん宮中での社交シーンなのだろうが、律にはそれにはあまり興味が持てないでいる。マリリンと話ができるのはいつだろうかと思っているうち、なにかの気配に振り向いた。

「どうした？」

「あ。いえ、なんでも」

気配を感じたその先には、何人かの青年貴族。しかし律にはおぼえがないし、彼らもすぐに目線を逸らしてその場を離れる。気のせいだったかと考えて、ふたたびマリリンのいるほうに関心を向けたとき、まだ遠い場所にいた相手が自分に気がついた。

声は聞こえない位置ながら、たぶんこちらの名を呼んだのか、ピンクの唇がちいさく動く。

「マリリン」

律が名を呼び返すと、今度ははっきりと肩をめぐらせ、足を一歩踏み出した。

いまは女性の身体なのにその運動神経は衰えていないのか、上体を揺らさないままかなりの大股でぐんぐん近寄ってくる。その速度についてこられない殿下を置き去りにして、マリリンは居並ぶ人々を器用に縫って律の前までやってきた。

「ごきげんよう。グレンフォール殿下」

作法として、まずは身分の高いほうからなのか、しとやかにドレスの裾をつまんでレディの挨拶をする。それから律に視線を移して、にこやかな笑みをつくった。

「ごきげんよう。リアン様」

「あ。ごきげんよう?」

どう言っていいかわからずおなじ言葉を相手に返す。すると、マリリンは澄ました様子で、律に右手を差し出した。

「お会いできて、たいへんうれしゅうございます」

その手を取るためさらに近づき、律は本心からの言葉を伝える。

「僕も。すごくマリリンに会いたかった」

それから互いの目を見交わして、ふふっと笑う。

「ようやく会えたね。マリリンとこうして話ができるのを僕はずっと待ってたんだ」

「まあリアン様、わたくしもでございます。今夜のわたくしはいかがでございましたでしょうか」

マリリンは『リアン』と律を呼んでいるが、自分の中身は律なのだとわかっている。

その相手と話せるのがどれだけほっとすることなのか。律はいまさらながら実感していた。

「このお披露目で名実ともに聖女様になったんだよね。さっきのあれを見てたんだけど、すごく立派で綺麗だった。見ていて、僕も誇らしい気持ちになったよ」

「まあ。ありがとうございます。リアン様は今夜もとてもお美しゅうございます。そのお姿とお心とがぴったりと釣り合って。わたくしも見惚《みと》れる心地でございますわ」

「それは、褒めすぎだと思うけど。だって、これは借り物の……えっと。服だから」

身体と言いかけて、すんでに軌道修正をする。直後に、すぐ近くから咳払いの音が聞こえた。

「マリリン殿。そろそろよそへ移ろうか」

機嫌が悪そうにハーラルト殿下がうながす。マリリンはそちらにちらっと視線をやったが、律から手を離さなかった。

「まだお話が尽きませんし、お名残惜《なごり》しゅうございます」

「うん。僕も」

「そうですわ。よろしければわたくしにダンスを申しこんでくださいませんか」

「マリリン殿。女性からそのようなこと、はしたない」

苦い顔つきで殿下がマリリンを制止する。律は小声で「僕は踊れないんだけど」と言ったけれど、なぜかマリリンは自信満々に「大丈夫」とこちらもささやき声で寄越した。

でも大丈夫とはとうてい思えないんだけど。王宮の舞踏会、かつみんなが見ている前で踊る。そんな光景を想像してみるだけでも腰が引けてしまうけれど……マリリンともう少し話がしたい。

せっかく会えたのに。律はその一心で、「申しこみます」と言ってしまった。

「では、正式になさいませ」

正式にとは。どうしようと思った瞬間、律は無意識に片膝をついていた。そうして、マリ

リンの手を取ったまま視線をあげて、

「お美しいレディ。そして清らかな聖女様。あなたと踊る栄誉を僕におあたえください」

自分でもびっくりだった。こんな格式ばった真似を自分ができるとは知らなかった。

「ええ。よろしくてよ」

「マリリン殿！」

怒鳴ったのはハーラルト殿下で、マリリンは平気だった。

ふたりの顔を交互に見あげ、もうここは腹を括《くく》るしかないと決める。

「光栄です。ではのちほどかならず」

そう告げて、彼女の手の甲にキスをする。

「ハーラルト殿下のあとに。お待ちしておりますわ」

言い終えたそのとたん、殿下がマリリンの肘を摑んで自分のほうに振り向かせる。ずいぶん怒った顔の彼は、まるでマリリンを嫌な場所から急いで避難させるように即刻この場から連れ去った。

「あのかたとは本当に仲が良くなったんだな」

その声に我に返って、律はゆっくり立ちあがる。

「え。ああ、そうですね。でも……どうしよう」

自分がやらかしたことながら、いまになって頭をかかえたい気持ちになった。

「僕、ダンスは踊れないんですけど」

「侯爵令息が踊れないはないだろう」

「そうなんですけど、そうじゃなくて」

返事に困って口ごもると、グレンがぼそりと声を落とした。

「そうじゃないつもりでもマリリン殿を目のあたりにしてみれば、その気持ちが変わったわけか」

辛辣《しんらつ》な声音だった。律は茫然とグレンを見返す。彼は表情まで硬くしていて、律そのものをはじいているかのようだった。

「グレン、さん？」

「殿下の次に彼女とダンスをするのなら、会場の中心に行っておくぞ」

言うなり、律に背中を向けてさっさと先に歩きはじめる。

なんで。なにか怒らせた？　自分が勝手な真似をして、変に目立ったのがまずかったのか。

こうしてマリリンにふたたび会わせてくれるためには、ずいぶんな手間をかけてお膳立てをしてくれただろう。今夜はこれだけで満足して引き下がっておくべきだったか。

だけど、久しぶりにマリリンの顔を見たら、あとちょっとだけ話をしたくなったのだ。

すみません、自分の我儘から面倒かけてしまいました。律はしおしおと黒衣の男からはぐれないようについていった。

宮廷舞踏会で満座の注目を浴びながらダンスをする。律の人生でこれほどあり得ないことはなかった。

けれども、いまの自分はいかにも慣れているふうにダンスのステップを踏んでいる。

「やっぱりね。あんたちゃんと踊れるじゃない」

組んでダンスを踊りながら、マリリンが得たりとうなずく。

「じ、自分でもなにがなんだか」

ふたりで向き合って、音楽が鳴ったときにはどうなるかと思ったが、律は棒立ちになりもせず、相手の足を踏むこともなく、音楽に乗せてかろやかに踊れている。最初はおっかなびっくりだったが、そのうちに余裕が出てきて、マリリンに笑顔を見せてと言われたからそうするように努めている。

「ごめんね、リッツ。もっと早く連絡したかったのに。こっちも聖女様関連で、いろいろしなきゃいけないことばっかでね」

「そんな。あやまることなんかなにもないよ。マリリンが気を配ってくれたおかげで、グレンの屋敷で安全に暮らせているし。それに、僕が殺されないで済んだのも、マリリンの口利きがあればこそだし」

「あら。それはだってリッツがやったことじゃないのに、処罰を受けるのはおかしいでしょう。アタシにそれだけの力があるなら、絶対見過ごしにはできないからね」

律はマリリンのこういうところが本当に好きだと思う。ロマンティックな乙女心を持ちながら、マリリンは本気で漢気《おとこぎ》のあるやつなのだ。

「それでさ。グレンフォール殿下はどう？」

「どうって？」

「よくしてくれてるのかどうかってこと。アタシの見立てでは結構いい感じに思えるけどね」

さっきもあんたのすぐ傍に控えてて。マリリンが面白そうににやりと笑う。

「それは、あのひとが」

言いさして、律は正直なところを告げる。

「でも、うん。すっごく親切にしてくれる。最近はほとんど毎晩サロンでおしゃべりをしているんだ。あのひとは僕にいろいろ教えてくれるし、僕の話も聞いてくれる。それに、僕が料理を少ししか食べないって、わざわざケーキとかのデザートを買ってきてくれるんだ。ほら、あのひとがだよ。身分だってうんと高いし、そもそもそんなタイプなんかじゃないだろうに。それってたぶん僕のことをうわべじゃなくて心配してくれるからだよ。この服だってあのひとが用意してくれたんだ。そのときにね、自分が届けられないからってカードと花束

までつけてくれて。僕、こんなに親切にしてもらったの初めてなんだ。自分が尽くして、それでも見返りがないのって当たり前だと思ってたから。自己満足なんだからいいんだって言い聞かせてて。だけど、気持ちを返してもらえるのって、ほんとにうれしいものなんだね。あ、マリリンはもちろんべつだよ。だけど、そういうのってめったにないことだから。あのひとは」

言いさして、口をつぐむ。なんだかずいぶんべらべらとしゃべったみたいだ。にわかに気恥ずかしくなってきて黙っていると、マリリンがふはっと笑った。

「早口。あんたって好きなものを語るとき、絶対にそうなるわよね」

好きなものと指摘されて、よけいに恥ずかしさがつのってくる。マリリンは綺麗な身ごなしでくるくると回ったあと、真面目《まじめ》な表情でささやいた。

「だけど安心したわ。もっと落ちこんでるかと思ってた」

「落ちこんでるって、なぜ？」

マリリンは「あら」と洩らしてから、一瞬だけ舌打ちせんばかりの顔をつくった。

「あんた、グレンフォール殿下から聞いてないの」

「うん。なに？」

「アンセルム侯爵家のリアン様は、どうやら家の跡継ぎから外されるらしいのよ」

「そうなの」

「そうよ。あんたって相変わらずのほほんとしてるわね」

かるく駄目出ししてから、マリリンは言葉を継いだ。

「アンセルム侯爵家の当主は、今回のことでとうとう自分の子息を見限ることにしたらしいの。前から考えていた養子の件を本決まりにするってね。これで、あんたは実家の後ろ盾をなくして、ずいぶんと肩身が狭くなるわけよ」

「うん」

「って、もっとあわてなさいよ」

「だけど、僕がこの世界に来たときには、もうすでに断罪イベントが起きてたし。実家の恩恵は感じる暇もなかったから」

「あっ、そうか。そうだったわね」

マリリンはなるほどとうなずいた。

「でもさあ、いまここで放り出されるとあんたは路頭に迷う流れよ」

「ああそうか」

律はマリリンと息の合ったステップを踏みながらつぶやいた。

「困ったなあ。まずは自活の道筋をつけなきゃね。下働きでもなんでもやるつもりなんだけど、この街ってどんな職業があるんだろう」

律のぼやきは切実だったが、対してマリリンは「馬鹿ね」と冷ややかに応じてくる。

「アホかと言ってやってもいいわ。どこに侯爵家の坊ちゃんを下働きに雇うところがあるってのよ。だからそうならないように、あのひとが頑張っていたんじゃないの」

「あのひとって？」

「グレンフォール殿下」

その単語をマリリンはひと言ずつ区切って言った。

「養子の件はともかく、廃嫡だけはしないように。あんたの身分はあくまでもそのままで。だけど今後は実家の金銭的援助はなし。表立って侯爵家のコネを使うことも禁止。それで収めてもらうように各所に手を打ってくれたわけよ。あっちこっちで裏工作もいっぱいしてね」

「え、それってすごく大変なことなんじゃ」

「そうよ」

「そういえば、王宮に来る前にグレンさんが僕の後見人になるって」

「あらやだ。ちゃんと教えてたんじゃない」

マリリンはピンクの裾をひるがえしつつ華麗なターンを決めて言った。

「で、どうなの」

「どうって？」

「あんたって、いつもながらニブイわね」

「ご、ごめん」

「あんたは殿下に丸ごと面倒見てもらう。その代わりに、あんたは下働きとはべつの方向で借りを返す。さっき言ってたみたいにおしゃべり相手になるとかなんとか。あと、あんたは真面目で書類仕事とか得意だから、そっちの方面で役に立つってのもいいわね。で、その流れでリッツはオーケイ？」

「うん。そういうことなら頑張れるし、グレンさんには感謝してもし足りないくらいだよ。それに、マリリンにも。もとはと言えば、マリリンが聖女の祝福と引き換えに僕のことを彼に頼んでくれたんだから。すごくありがたくて……でも」

「でも、なによ」

律はしばし迷ってから口をひらいた。

「申し訳ないっていうか、すごく後ろめたいんだ。僕はあのひとが思っている人間じゃないんだから」

侯爵令息という貴族としての身分を守り、彼はその生活まで保とうとしてくれる。でも、それはあくまでもリアンのためだ。この世界では何者でもない律という存在のためではなく。

「僕はここでは誰なのかなって」

つぶやくと、マリリンは唇を結んだあとで、ため息をついて言う。

「それはアタシも思ったわよ。だけど、しょうがないじゃない。アタシは乙女ゲームのヒロインとしてここに生まれ変わったんだし。できることをしていくしか」

「そっか……いまはそれしかないんだよね」

もう二度と元の世界には戻れない。だったら、ここでなんとか生きていくほかはないのだ。

「ねえ。あんたが転生者だって、みんなに言いたい？　リアンとは別人だから、律として生きたいって」

律は少し考えてから「ううん」と言った。

「それはない」

「どうしてよ。アタシがあんたにばらすなって言ったから？」

「それもあるけど……さっき、ちょっとわかったんだ」

「なにをよ」

「僕はまったく知らないのに、こうやってダンスが踊れる。宮廷の礼儀なんてわからないのに、身体のほうはおぼえてた。だから、リアンをまったくの他人だとは思えなくなっている」

混乱してるんだ。律は正直な気持ちを告げた。

マリリンのこの世界での立場を、自分のうかつな発言で脅《おびや》かしてしまいたくない。それもあるし、自分自身の心の置きどころもいまはまだ揺れている。

「そっか。その気持ちはわかるわよ。アタシもおなじ転生者だもの」

実感のこもる声に、律はうなずくしかできなかった。

「あんたが転生してきて、どうやらこの世界はゲームのシナリオどおりじゃないって気づいたのよ。それまではどうやってもゲームの流れをひっくり返せなかったんだ」

　ごく真剣な顔つきでマリリンは言う。

「何度も何度も試したの。必死になって、あがいて、もがいて。でも、どうやっても変えられなくてさ。半分以上あきらめてた。だけど、あんたが出てきたことで情勢が変わったの。あんたは断罪イベントから逃れられたし。あんたを守ろうとしてくれる男もいたし。だから、これからは違う展開がひらけるかも」

　それは知らないことだった。マリリンはゲームのヒロインだけではない生きかたを探していたのか？

「じゃあ僕がここに転生してきたことで、このシナリオの流れが変わった？」

「そ。きっとね。今後のアタシは攻略対象と結ばれる、それ以外のエンディングもいける気がする。もっともっとアタシらしい生きかたをするのもね」

　マリリンは目を輝かせてそう語る。

「ほんと、気分が楽になった。これからはルートなしの獣道よ。でね、そんな方向をつくってくれたリッツに感謝してるんだ。だから、あんたもこの世界では自分自身の思いどおりにやりなさいよ。めいっぱいアタシが応援してあげる」

「うん、ありがと」

　律は親友の心意気に感謝してから、言葉をつづける。

「とは言え、僕がいることでなにかが変わった実感はないんだけど。だけど、マリリンがそう感じるならきっとそうだよ。僕もマリリンが好きな生きかたができるように応援してる。力になれるならなんでもするよ」

じゃあおあいこね、とマリリンが笑いかける。律もそれに笑顔で応じ、思いが通じた視線を交わし合ったとき。ふたりを動かしていた音楽が鳴りやんだ。

「あ。終わっちゃった」

名残惜しそうにつぶやいてから、マリリンがダンス終了のお辞儀をする。作法どおりに律もそれに応じると、期せずして周りから拍手が起こった。

「え……なに」

律が驚いてあたりを見回す。おなじく視線をめぐらせていたマリリンが苦笑して、

「アタシたち、すごく目立っちゃってたみたいね」

それはまずいんじゃないだろうか。あせって見やれば、人々の拍手の輪からハーラルト殿下が出てくる。どうやらものすごく怒っているのか、こめかみが引きつっていた。

「聖女関連も今夜で一段落ついたんで、今後はあんたに手紙なりなんなりで連絡ができると思う」

早口の小声でマリリンが告げてくる。

「あと、これ。リッツが持ってて」

ダンスのときには手首に細紐《ほそひも》でかけていた扇を抜き取って渡してくる。

「聖女パワーをこめといたから。なにか困りごとがあったら、それに伝えてみてちょうだい」

「パワーって、どんな感じの？」

「正直わからないけどね。まあたぶん。やってみて」

効果のほどは不明なまま、律はありがたくその扇を受け取った。と、すぐ近くまで距離を詰めてきたハーラルト殿下から猛烈ないきおいで睨まれる。

「貴様っ。マリリン殿からなにを」

「さあ殿下。まいりましょう」

すかさずマリリンが殿下の腕に手を添える。

「お願いしてもよろしいかしら。少し喉が渇きましたわ」

レディの頼みを無下にできないと思ったのか、殿下はしぶしぶマリリンに腕を貸して姿勢を変える。

マリリンの機転のおかげで殿下からの圧が消え、律がほっとしたとたん、あることに気がついた。

あれ。あのひとがいない。

ふたたび音楽がはじまって、律はその場から離れながら黒衣の男を探し求める。しかし、見える限りの範囲には目当ての人物はいないようだ。

なにか急用ができたのか。はぐれたときの段取りはなかったし、どこで待てばいいんだろう。探しあぐねた律が途方に暮れたとき、背後から誰かが近づいてくる足音がした。

「あ。グレンさん？」

そう思って振り向いた。しかしそこに立っていたのは自分が求める姿ではない。

マリリンとダンスをする前にちらっと見かけた青年貴族のひとりだった。リアンはどうか知らないが、律は彼の名前さえおぼえがない。

「えっと。あの？」

「やあ、アンセルム侯爵令息リアン様。これからすごく大事な話をしたいんだ。少しばかりご足労いただけないかな」

腕を摑まれて有無を言わさず連れていかれたのは、会場からはずいぶんと離れた場所だ。広大な王宮の造りなど律には理解しようがなく、ここがどこかもわからない。強引に入らされたこの部屋は王宮の規模からいくと、ちいさな控えの間くらいだろう。

入室するなり突き飛ばされて、たたらを踏んで奥へと進む。

「きみはなにを」

言いかけてぎょっとする。この部屋には律を連れてきた青年だけではなく、ほかにも誰かいるようだ。

律は周りを見回して、全部で四人いると知る。彼らはいずれも立派な身なりをしているから、貴族の身分ではあるのだろう。

「僕になんの用なんですか」

律は内心はともかくも、怯んだところを見せないように言ってみる。すると、律を囲んだ彼らは嫌な笑いを浴びせかけた。

「なんの用かわからないわけないよなあ」

「それともしらばっくれるつもりか」

どちらも毒のこもった台詞だ。これはいかにもまずい状況。そうと悟って、律の肌に粟《あわ》が生じる。

「用がないなら帰らせてもらいます」

毅然《きぜん》と告げて、ドアのほうに足を向ける。しかしそちらに行き着く間もなく、背後から迫ってきた手に両肩を掴まれる。

「離してくださいっ」

「まあ、そう急がなくても。リアン様」

「そうそう。俺たちの仲じゃないか」

どうやらリアンの知り合いらしい。身をもがきつつ律は探りを入れてみる。

「仲と言うなら、僕にこんな真似をするいわれなんてないはずでしょう」

すると、正面にいた男がせせら笑いつつ律に近づく。

「ところが、いわれはあるんだよなあ」

言って、男は律の顎を乱暴に摑みあげた。

「なあ、リアン様。俺たちちょっと頭にきているんだけど」

「な、なんでっ」

顎の痛みを感じつつ律は返す。ますます相手は指に力をくわえてきた。

「だってそうじゃないか。長年あんたの取り巻きをしてやっていたのになあ。ずいぶんとひどいと思うよ」

「だから、なにが……あっ⁉」

男は襟飾りごと律の胸倉を摑みあげる。あらがおうにも背後の男に両腕をまとめて拘束されていて、ろくに身動きができなかった。

「そこまでしらを切るんだったら言ってやるけど、あんた俺たちに色目を使って長いあいだ好き放題に動かしてたろ。いまは聖女様になったマリリン嬢への嫌がらせとかな」

言うなり、男は律の襟飾りをレースごと引きちぎる。はずみで上体が傾《かし》いだけれど、背後の男が律を倒れさせなかった。

「おかげで俺たちは立つ瀬がなくなってしまったんだぜ。あんたが階段から落っこちて、呑気に眠っているときに」

「それは……すまなかった」

事情を知らされて、律の立場ではそうとしか言いようがない。

つまり、彼らはリアンの子分をやっていて、連座で咎めを受けたのだ。

「さんざん餌をちらつかせて、だけどそれも気を持たせただけだったよな。あげく、さっきのあれはなんだよ」

「あれ、とは……っ」

返事はなく、男は代わりに律の上着を左右に引っ張る。衣服が破けてしまうほどのいきおいにボタンがはじけて飛んでいった。

「や、やめろっ」

「残念だけど、もう命令は聞けないんだぜ」

男が隣に顎をしゃくる。すると、その男が目をぎらつかせて、律の上着を肩からずらし、シャツに手をかけてきた。

「いっ、嫌だ」

「嫌でもしょうがないんだよ」

前を開けられたシャツの中に手を入れながら正面の男が言う。律は腕を動かそうとしたけれど、いつの間にか手首を縛られていたようで、肩を揺らしただけに終わった。

「ご褒美なしに、よくもいままでこき使ってくれたよなあ」

「そ、それは悪かった。あやまる、あやまるからっ」

自分のしたことではないが、彼らにはそう言うほかない。

「きみたちの気が済むまで謝罪する。殴りたければ殴ってもいい。だから許してくれないか」

必死に言葉を絞り出すと、彼らは目を見交わしてからうなずき合った。

「なあ、リアン様。俺たちはあんたにすっかり騙《だま》されてた。あんなにマリリン嬢を毛嫌いしていたっていうのに、さっきのあれはいったいなんだよ」

言いながら、男が胸をまさぐってくる。その感触の気持ち悪さ。律の背筋に寒気が走った。

「さっきのって」

問う声は、胸の尖りを摘まれて、悲鳴に似た叫びに変わる。

男は律の乳首を執拗《しつよう》にいじりながら「知らんぷりがじょうずだな」と嘲笑《ちょうしょう》を投げかけた。

「困るよなあ。あんなにいちゃつけるほどに深い仲ならそうだって、ちゃんと言ってもらわないと。そうでないと、俺たちだけが割を食うだろ」

「い、いちゃついては」

反論しようとした律は、横の男に髪を乱暴に引っ掴まれて声が途切れる。

「綺麗な髪だ。本当に見てくれだけはいいものな」

「い、痛い」

首が曲がるほど髪を引かれて、律の顔が思わず歪む。その表情を愉《たの》しそうに眺めながら、横の男が自分の顔を近づけてきた。

嫌だ。キスされると悟った律は、上体をのけぞらせはしたものの、背後の男にはばまれる。ままよと律は迫ってくる男へと思いきり顔面を打ちつけた。

「ぐっ、わ」

額と額がぶつかって、反射で男がのけぞった。

キスを回避してほっとする暇もなく、律はかんかんに怒った男に平手で頬を叩かれる。

「…っ！」

衝撃にたまらず律は目を閉じる。それから口中にゆっくりと血の味が広がってくるのを感じた。

「キスされるのがそんなに嫌かよ。だったら」

「あっ」

力任せに突き飛ばされて、律は仰向けにひっくり返った。はずみで頭と肩とを打って、その痛みに息が止まる。その隙に男たちは律の上に圧しかかり、好き放題にあちこちをさわりはじめた。

「や、やめろっ」

「じっとしてろよ。なにも殺しやしないから」

「そうそう。これまでの借りを返してもらうだけだ」

「侯爵家のご当主様はおまえを見限ったんだろう。おまえがどんな恥ずかしい目に遭ったって、泣きつくところはどこにもないぞ」

口々に嘯《うそぶ》きながら、律の胸や腹のあたりをさわりまくる。

上着もシャツも完全にはだけさせられ、何本もの手に触れられて、律はそのおぞましさに目の前が暗くなった。

「嫌だっ。やめてくれっ」

ズボンにも手が伸びて、服の上からその部分をまさぐられる。胃の中身がせりあがってくるほどの気色悪さに、律は必死で身をもがく。

「じっとしてろって言ってるだろう」

また髪が抜けるかというほどに引っ張られる。

四人の男はいずれも目が血走っていて、自分たちの行為に酔っているかのようだ。

「やだ。嫌だっ。誰か」

無我夢中で叫んだが、男の手が伸びてきて、律の口をふさいでくる。

助けを呼ぶ手立てをなくし、そのあいだも這い回る男たちの指使いの感触に律の心は恐怖と絶望に打ちひしがれる。

もう駄目なのか。この男たちに辱《はずかし》めを受けるのか。

それは……嫌だ。

律の脳裏に、ある面影《おもかげ》が鮮明に浮かびあがる。

それはこの部屋に閉じこめられたときからあって、自分でも気づかぬうちにすがろうとしていたひとだ。

こんなやつらにさわられたくない。絶対嫌だ。だけど自分では男たちを撥ね退けられない。

それでもどうしてもあきらめられない律の視野に、見おぼえのある形状が映し出された。

あれは確か。マリリンとのダンスが終わって、手渡してくれた扇だ。あのときマリリンはなんと言っていたんだったか。

「……う、っ」

律は懸命に首を振って口をふさぐ男の手を少しずらすと、まだ邪魔をする指先に噛《か》みついた。

「いっ、たっ」

反射で手を振った男の指が離れた瞬間。律は夢中でそちらへと叫びをあげる。

「助けてっ。グレンさんっ」

と、それに呼応するかのように、マリリンの扇が突然光を放つ。

男たちの目を眩《くら》ませるに足る激しい閃光《せんこう》。

「なっ、なんだっ⁉」

あり得ない出来事に仰天している男たちと茫然とする律の耳に、そのときいきなりの大声が飛びこんでくる。

「リアン！」

ドアの外ではなく内側にその男は立っていた。

突如現れた男の姿に律は目を疑ったが、それはこの部屋にいた男たちもおなじらしく「ど、どうして……」とつぶやくばかりだ。

律の上に群がっていた彼らを眺め、グレンは仁王立ちの姿勢で一声を落としてくる。

「貴様ら」

その響きは冷ややかですらあったけれど、彼の眸はそれを裏切っていた。

「ひ、ひぇっ」

気配だけで男たちを圧倒し、グレンは床に座りこむひとりに対し蹴りを放った。長い脚から繰り出されたその蹴りは峻烈《しゅんれつ》で、いきおいよく男は吹っ飛んで転がっていく。

「まっ、待ってくれ。勘違いだっ」

人数では勝っていても、しょせん柔弱な貴族青年と、勇猛さで人に知られるグレンとの差。歯向かっても敵わないと悟ったのか、男のひとりが必死に手を振る。

「手ごめにしようとしたんじゃない。俺たちをリアン様がねぎらってくれるって」

そこまで言って、男はグレンに胸倉を摑みあげられ、拳の一撃を食らって倒れる。

ろくに抵抗できないのは、青年貴族の意気地《いくじ》がないともいえるだろうが、なによりもグレンの気迫が怖かった。

助けに来てもらった律でも思わず震えが走るほど、彼の殺気はものすごい。まるで猛獣を前にした小動物。それくらいの格の違いを見せつけられて、残りのふたりもあっけなく殴られ蹴られて床の上にのびてしまった。

「大丈夫か」

グレンが床に片膝をつき、律の身体をかかえ起こす。その折に手首の縛《いまし》めにも気がついて、強い指があっという間にほどき取った。

「あ……」

それきり律は絶句する。

あんなにも男たちの手の感触が厭《いと》わしいものだったのに、このひとに触れられると、泣きたくなるほどほっとする想いが湧いた。

さっきの連中からは生理的な嫌悪感しかおぼえることはなかったのに。

このひとにかかえられ、彼の傍にいられるというそれだけで、まるで温かい湯に浸けられているみたいに気持ちが楽だ。

それで律はわかったのだ。自分がグレンにいだく感情がなんなのか。

自分はきっとこのひとを……好きなのだ。ただ好きというだけではなく、それ以上に強い気持ちで。

押し寄せてくる大きな情感が律の口を封じていた。そのさまをグレンはどう取ったのか、無言のままに上着を脱ぐと、律の上に着せかけてくる。そうして大きなサイズの衣服で律をしっかりくるむと、横抱きにして立ちあがった。

それから大股でドアの前へと向かっていき、いったんはそこで止まると低く言葉を押し出した。

「今度こいつに手を出せばかならず殺す。おまえたちが誰であっても」

グレンはそのあと彼らの反応を確かめもせず、ドアを開けてそこから出た。


グレンの屋敷にある律《りつ》の部屋まで戻ってくると、彼は横抱きにしていた身体《からだ》をそっとベッドの上に下ろした。

「マルガを呼ぶか。俺はいないほうがいいか」

グレンが問いかけ、律は横に首を振る。すると、彼は「少し待ってろ」と腰をあげ、しばらくしてからふたたび姿を現した。

「いま、身体を拭くための湯とタオルを言いつけてきた。まずはこっちを」

グレンはベッドの端に腰かけ、たずさえてきた木箱を開ける。そこからなにかの瓶と綿とを取り出して、

「唇が切れている。ちょっと沁《し》みるが我慢しろ」

言葉のとおり薬液を注いだ綿が口の端に押しつけられると、ピリッとした刺激を感じる。

「痛いか」

律を救出した場面ではあんなに怖いひとだったのに、いまの空気は凪《な》いでいて、ただ律を心配する気持ちだけが汲《く》み取れた。

グレンは傷口を消毒すると、木箱から出した軟膏《なんこう》をその箇所に塗りつける。

「すまなかった」

なぜ彼があやまるのかわからない。目線だけで問いかけると、彼は片頬を歪《ゆが》ませる。その仕草が痛みをこらえているみたいで、律の胸まで苦しくなった。

「おまえを助けに行くのが遅れた」

そんなことはない。ちゃんと助けてもらったと、律は首を横に振る。

立てつづけに大きく感情が揺さぶられてしまったせいか、言葉が出てこないのがもどかしい。この屋敷に戻ってくるまでにもやはり声を発することができないでいたけれど、グレンがずっと抱きかかえてくれていたので恐怖はずいぶん薄らいでいた。

「おまえを守ると誓ったのに」

普段は冷静で豪胆《ごうたん》なこの男が、律の前で自責の念に駆られている。

あきらかに落ちこんでいる彼に違うと言いたくて、律は自分の指先を男の手の上に置いた。

けれども彼は拳《こぶし》を握り、唇をきつく結ぶ。

あなたのせいじゃない。そう伝えねばと、律は詰まってしまったような喉から声を絞り出す。

「平気です」

かすれて聞き苦しい音声だけど、彼には通じていたと思う。なのにグレンの反応はなく、あせる気持ちが深まった。

「ほんとに、大丈夫」

頑張って、さらに言った。

自分のために悩まないで。あなたには少しも落ち度はないのだから。

「助けて、くれた」

「あれはマリリン殿の力だ」

傷ついた動物が唸《うな》るような口調で洩《も》らす。

「俺がおまえを探していたとき、おまえが俺に助けてと言うのが聞こえた。そこに行かねばと思ったとたん、頭の中で強い光が爆発して、気づけばあの部屋に立っていた。あれは聖女様の力。きっとそういうことなのだろう？」

ごまかせなくて、律はこっくりうなずいた。

「僕は、あなたを呼んだ」

マリリンではなく。

「あなたが来て、助けてくれた」

グレンはむしろ恩人だ。

「そもそも助けねばならない羽目になったのは俺のせいだ」

彼の顔つきにあきらかな苦渋が滲《にじ》む。

「おまえから目を離し、離れた場所にいたから異変に気づかなかった」

「でもそれは、しかたがなくて」

なにか用事があったのだろうし、自分につききりでいなければならない決まりはないのだから。

「しかたがなくない。あれは俺の……手落ちだった」

わずかに言い淀《よど》んでから彼がこぼした。

自分を責める必要はない。あんなことは予想できなくて当然だ。その気持ちを伝えたくて、律は指を乗せていた彼の手を上から握った。

「そうじゃないと言いたいのか」

律の気持ちを読んだのか、いまだに眉根を寄せつつもほんのわずかに気配がゆるんだ。

「おまえは相変わらず人が好《い》いな。だが、俺はわざとおまえから離れたんだ」

「……なぜ」

グレンはらしくもなくうつむきがちに律に応じる。

「マリリン殿とおまえが踊っているのを見たから。おまえたちはひさしぶりに再会できた恋人同士のようだった」

律は目を丸くした。そういえば、律を襲った連中も変な言いがかりをつけてきたが、事実とは完全にことなっている。

「マリリンは友達で、あっちもおなじ」

元々マリリンは親友で、いまは前世の記憶を有する転生者という共通点も持っている。それゆえの繫《つな》がりを強く感じているけれど、友情の範囲を一歩も出てはいない。

グレンは律の表情をしばらく探るように見てのち、深いため息を吐き出した。

「たぶんそのとおりなんだろうな。だが、あのときのおまえたちは似合いの恋人同士に見えた。周りの貴族連中もおまえたちに見惚《みと》れていた。俺はその光景を見るのが嫌で、気がついたらべつの場所に移っていた」

それって……と、律は信じられないものを見せつけられた思いになる。

まさか、ではあるけれど。ひょっとして、このひとは自分がマリリンといるところを眺めていて、ジェラシーっぽい気持ちになった？

いやいやないないと内心で首を振りつつ、しかし反面ではのぼせあがりそうになって。

けれどもその直後、急上昇した律の気分はまっしぐらに落ちていった。

そうだ。グレンが見ていた『おまえたち』はマリリンとリアンなのだ。お似合いと感じたのは彼らふたり。冴《さ》えない見かけの律ではない。

「リアン？」

怪訝《けげん》な声音が駄目押しをする。

ここにいるのは美貌《びぼう》の青年リアンなのだ。グレンにとっては基本で前提の事柄だ。

「どうした。どこか痛めているのか」

彼の親切もいまの律には苦かった。もしも以前の律の姿がここにあれば、グレンはこれほどの心情を自分に見せてくれただろうか。

「痛くはないです」

自分の心以外は平気だ。

「だが」

グレンが気遣わしさを表して腰を浮かせかけたとき。ドアの向こうでノックが聞こえた。

「頼んでいた湯とタオルが来たようだ」

律にささやいて、彼がおもむろにドアのほうに肩をめぐらす。そうしてなにか言おうとして、ふと彼は動きを止めた。

「リアン？」

律は背を向けている男のシャツの右袖を摑《つか》んでいた。

「僕は……綺麗《きれい》じゃないんです」

グレンは意表を突かれたようにこちらを見やる。

「なにを」

「僕は、あなたが思っているような人間じゃないんです」

ようやく事実を打ち明けられた。けれどもグレンは戸惑う様子で「ちょっと待ってろ」と言ったのち、ドアのほうに声を張った。

「持ってきたものをそこに置いて下がってくれ」

それからグレンは姿勢を変えて、こちらのほうを覗《のぞ》きこむ。

「あれは気にするな。おまえはどこも汚《けが》れてない」

自分の想いと嚙《か》み合わない男の台詞《せりふ》に違和感をおぼえてから、あらためて理解する。

あの連中に襲われたときのことを、律が気に病んでいると判断したのだ。

自分の言葉足らずのせいで、互いの思案が掛け違った。大丈夫と言おうとして、その直後、さっきの記憶がまぶしい光を当てたみたいによみがえった。

自分を押さえつけてきた幾本もの腕。ぎらつく欲望に満ちたまなざし。いったんは薄れていたそれらの記憶が、たったいま我が身に起こったことのようにありありと浮き彫りになる。

「……あ」

にわかに吐き気がこみあげてくる。男の袖から手を離し、律は両手で口を押さえた。

「どうした、具合が悪くなったか」

「へ、平気で……」

冷や汗を額《ひたい》に滲ませて律が言うのに、彼はむずかしい顔をする。

「平気とは思えないな。待ってろ。医師を呼んできてやる」

「やだっ」

律は彼にぶつかるいきおいで制止した。

「嫌です。医者は」

カタカタと震える身体を見下ろして、彼はそのまま動かない。しばらく経《た》って手を伸ばしかけ、それをとどめて問いかける。

「俺になにかできそうなことはあるか」

律はベッドに座った姿勢で、グレンのシャツを握っている。彼を困らせているとわかって、しかしこのときはなんでもないふりができない。

「あの」

何度も唾《つば》を呑《の》みこんでから、律は声をシーツにこぼした。

「感触が、残ってて」

「うん」

「気持ちが悪くて」

「うん」

「でも」

律はこくんと喉を鳴らしてから告げる。

「あなたに、さわられたのは、嫌じゃなくて」

ややあってから、彼がぼそりと言ってくる。

「俺だと平気か」

律はかすかにうなずいた。

「怖くないか」

律は彼にかかえられていたときを思い出して首肯する。

「ほっとしました」

「それなら」

彼が緊張を滲ませた声音で問う。

「俺が触れても大丈夫か」

律は一瞬身を硬くして、それから「はい」と彼に伝える。

「平気、です」

一拍おいてから、姿勢を変えた彼がそろそろと腕を伸ばす。律よりむしろ彼のほうが怖がっているみたいに慎重な仕草だった。

「これは？」

肩のところを撫《な》でながら彼が聞く。

「大丈夫です」

彼の手の感触に安堵《あんど》しながら律は言う。

「じゃあこれは」

肩の上に手を置いて、もういっぽうで彼が背中を撫でてくる。

やさしい手つき。その感触に癒されて、さきほどまでの寒気がじょじょに薄らいでいく。

「ほんとに嫌じゃないんだな」

「は、い」

律が答えると、彼は二の腕をさすってくれて、そのはずみで律にかけられていたグレンの上着が肩からずれた。

「あ」

「どうした」

破かれている白いシャツが目に入り、それで律は気がついた。

「あなたにもらった襟飾りが」

あの一件でちぎり取られてしまったのだ。

「思い出すな。あんなのはどうでもいい」

「すみません……僕、あのときあの人達に」

胸をまさぐられ、乳首を摘まれ、舐《な》められた。

思い出したら居ても立ってもいられなくなり、みずからそこを手のひらで何度も擦《こす》る。

「無茶をするな。爪が当たると傷になる」

「でも……嫌……感触が消えていかない」

また擦ろうとする律の手首を男の指が摑んで止める。

「どうしても嫌なら俺が」

グレンの声は妙な感じにしわがれていた。

「さわったら、多少は晴れるか」

彼がここを？　律は目を見ひらいてから、うつむく仕草でうなずいた。

「じゃあ、手を当ててるから。嫌だったらすぐ言ってくれ」

そのあと大きな男の手が胸の前まで近づいてくる。息を止めて待っていると、温かみのある感覚が肌の上に乗せられた。

「どうだ」

「平気です……」

「撫でてもいいか」

「はい」と応じると、乾いた感触がゆっくりと移動する。

ああ、これはグレンの手。このひとにならこんなふうに触れられてもいい。

目を伏せて律が彼の手のひらを肌の上に感じていると、予期せぬ刺激が走り抜けた。

「んっ」

おぼえず肩をすくめてしまう。その仕草で、グレンの上着がさらにずれ、胸のあたりが完全に露《あらわ》になった。

「や、すまない」

あやまってから、彼はその箇所をじっと見る。

「赤くなってる」

「ん……引っ張られた、から」

急に恥ずかしさが勝ってきて、ぼそぼそとつぶやいた。彼はそこから視線を動かさないままで「こんなふうに？」と指を動かす。

「う、んっ」

ぴくんと肩が跳ねあがる。ちいさな刺激でも反応した自分自身がいやらしく感じられ、律はべそを掻《か》きそうになってしまう。

「そこ、違う。気持ちよくなんか」

「本当に？」

言いざまにもういっぽうの乳首も摘まれ、またもびくりと身体が浮いた。

「ひぁっ」

とっさにグレンの二の腕を摑んだけれど、それで動作は止まらなかった。

「痛いか」

そうではないけれど、指で摘まれて揉《も》まれると、べつのところがむずむずしてくる。

下腹の奥のほうから湧きあがるこの感覚。いちおう成人男性として何度もおぼえのあるこれは、さすがに現状ではまずいだろう。

「グレンさん……やめてください」

「気持ちが悪いか」

「そうじゃなく……あ、あっ」

くんっとそこを引っ張られ、さらに疼《うず》きが増してきた。

「そうじゃないなら、もっとするか?」

「だ、駄目」

「どうしてだ」

嫌じゃなさそうに見えるんだが。耳の近くでささやかれ、律は恥ずかしさと気まずさで頭が沸騰しそうになった。

「でも……駄目」

半泣きになりながら訴える。

「だって、身体が」

これは完全に作戦ミスだったと思う。なぜならグレンは律の下腹に目をやって、納得したようにこう言ったから。

「生理的なものだろう。嫌じゃないなら問題ない」

「でもっ。や、あっ」

そこでグレンは想定外の行為におよんだ。彼は上体を低くすると、律の乳首に口づけたのだ。のみならず、チュッと吸って、尖《とが》りを舌先でつついてくる。

「んっ、やっ、駄目えっ」

そんなふうにされてしまうと、自分のそこがますますのっぴきならなくなる。律は夢中でグレンの髪に指を入れてのけぞったのに、そこへの愛撫《あいぶ》は止まらなかった。

いつの間にかかけてもらった彼の上着は背から落ちてどこかに行き、シャツの前ははだけられて、白い肌に赤い乳首がむき出しになっている。

「あ、やだ。そこっ、も、変に……っ」

涙目の懇願はなんの効果もないようで、グレンは律の脇腹を撫でながらもう片方の乳首も丹念に刺激する。いじられ、揉まれ、吸いあげられて、律はもじもじと腰を揺すった。

「あ……おね、お願いっ」

いよいよ下腹に兆《きざ》したものがまずい状態になっている。しかも、そのせいで頭の血が急激に下がってきたのか、眼前にちいさな星が飛びはじめた。

「グレンさ……グレンっ」

脳のはたらきが悪くなって、敬称をつけ忘れてしまったのに、彼は妙にうれしそうな顔をして、律の頬にキスをする。

「グレン、グレンっ。も、やだ……っ」

「ああ。達《い》きそうか」

そんな台詞をさらりと述べて、彼が律の股間の上に指を置く。

「あ、ひぁっ」

このひとの手が。自分のあそこに。しかも、勃起しているとわかってて。

「やっ、やだ駄目っ」

服の上からかるく触れられただけなのに、律は辛抱しきれずに快感の水門を開け放った。

「あ、ああっ」

無意識に伸ばした手が握られる。痺《しび》れるような快楽に打ち震えつつ、律はこの怒濤《どとう》の一日の締めくくりを自分の意識を飛ばすというかたちで終わらせたのだった。

次に律が目を覚ましたのは、マルガが部屋まで飲み物を運んでくれたときだった。

「ああ、お起きにならなくても。そのままでよろしゅうございますよ。ベッドまでお持ちします」

あわてて飛び起きようとしたら、やんわりと制止される。実際身体が頼りなくて、遠慮することもできないままにベッドのクッションを背もたれに、布団の上に設けられたちいさなテーブル上のグラスから水を飲む。

「お茶と軽食はいかがですか」

「すみません。それじゃ、お茶だけもらえますか」

律の身なりはいつもの寝間着になっていて、これは自分が気を失っていたときに着替えさせてくれたのだろう。

でもいったい誰が自分の身体を清めて服を取り替えてくれたのか。

たぶんグレンかと思うけれど、それをマルガに確かめる勇気はなかった。

「あのう。グレンさんは？」

このあと朝食の席で顔を合わせるのなら心構えが必要なので恐る恐る聞いてみる。しかし、マルガは「旦那様はもうお出かけになりましたよ」とティーカップを差し出した。

「急ぎのご用事がおありだそうです」

「あ……そ、そうですか」

ほっとしたような、なんとなく残念な気がするような。

そう感じてから、律はあせって自分の首を大きく振った。

グレンに会えなくてがっかりなんてしていない。彼といま顔を突き合わせて食事なんて、どれほど気まずい成り行きか。

――グレン、グレンっ。も、やだ……っ。

――ああ。達きそうか。

彼から恥ずかしい行為をされて、半泣きになりながらも身体はしっかり反応していた。しかも最後は服の上からさわられただけなのに……あんな、あっさりと。

「まあリアン様。お顔が真っ赤でございますよ」

「いえ、なんでも。すみません」

心配そうにマルガは近寄り、律の額に手を当てる。

「やっぱりお熱が」

マルガがあわてて医師を呼んで来ますというのを何度も断り、寝ていれば治るからと全力で主張する。

居候《いそうろう》の自分ごとき、しかも理由が理由なだけに大事《おおごと》にしたくなかった。それで折衷案として、体調がよくなるまで絶対安静にしておくことと、薬師《くすし》が調合した回復薬を飲むことを条件に、医師の往診は許してもらえる運びになった。

「旦那様にもお知らせしたほうがよろしいかしら」

「いいですいいです。本当に、まったくたいしたことはないので」

あせって言ううちに、熱がさらにあがってきたのか、座っているのもだるくなる。結局律はベッドに寝直し、薬を飲まされ、いつしかうとうとしはじめたようだった。

熱に浮かされた思考はとりとめがなかったけれど、グレンの言葉や行為ばかりが繰り返し現れる。

彼はいま自分のことをどう思っているのだろう。なぜ自分にあんなことをしたのだろう。

それは、グレンにさわられれば安心するなんて言ったからだが。

——あなたに、さわられたのは、嫌じゃなくて。

あの台詞をグレンはいったいどのように解釈したのか。

誘ったみたいに思われて、じつは軽蔑《けいべつ》されていたらどうしよう。

でも……グレンは表面上はやさしくしていて、裏で律を嘲《あざけ》るようなひとじゃない。だから、あのおこないは彼の親切に過ぎなくて。

だけど、それならグレンはなぜ自分の頬にキスをしたのか。あれも親切の一環か。

律は無意識に自分の頬を撫でてみる。

あのときグレンは微笑《ほほえ》んでいたかもしれない。なんとなく、甘やかしてくれる感じがしていたのは自分の自惚《うぬぼ》れ、勘違いなのだろうか。まるで自分を可愛いと思ってくれているみたいに。

そこまで考えて、律はないないと否定する。

ひどい目に遭わされて可哀相だったから。マリリンとの約束もあり、律の後見人になると決心していたからだ。

自分の都合のいいように解釈しない。グレンの好意に胡坐《あぐら》をかいては駄目なのだ。

でも、だったら……これから自分はどう生きていけばいいのか。

アンセルム侯爵《こうしゃく》家は、リアンに家督を継がせない方向に舵《かじ》を切った。だとすると、律は自分なりに自活の方法を探さなければならないけれど。

具体的になにをすればと考えて、けれども熱のある頭ではいい知恵も浮かばない。

律の思考は時が経つごとに途切れがちになっていき、ただ自分を大切なもののように抱きかかえてくれていたあの男のぬくもりと、自分を見つめる激しくもやさしいあのまなざしがよみがえるばかりだった。

それからの三日間、律の熱はなかなか下がらず、ベッドの中で寝ては覚めてをくり返した。

なにかの拍子にふと目覚めると、大きな黒い人影があるような気もしたが、それもはっきりとはしなかった。

四日目の朝、ようやく脳内の霧が晴れた気分で、律はベッドに身を起こし、あらためて自分の身の振り方を考えた。

悪役令息のリアンの立場は相当悪い。そのことは、あの青年貴族たちの言動からもあきらかだ。侯爵家の後ろ盾がなくなれば、おそらく貴族社会ではまともな扱いはされないだろう。だからといって、庶民に交って下働きをするのも無理。元貴族のお坊ちゃんでは、その方面での知識も体力も足りないからだ。

まずは社会生活を営むための準備から。律はそう心を決めると、ひとまず着替えをしなければとベッドを出た。しかし、数歩も行かないうちに部屋のドアが開けられて、黒衣の男が現れる。

「あ。おはようございます」

棒立ちになったあと、律はようやくそれだけ言った。

「なにをしている」

開口一番そう言われ、叱られたかと身がすくむ。しかし、グレンは大股で近づくと、身をかがめて目を合わせてくる。

「寝ていなければ駄目じゃないか」

「も、もう平気です」

彼のまなざしがあまりに深く真剣な色を湛《たた》えてこちらを見るから、律の心臓が跳ねあがる。

「すっかり元気になりました」

「そうか。それはよかったが、マルガを寄越すまでベッドにいろ」

有無を言わさずグレンは律をベッドに戻す。しかも、布団をかけ直し、上からぽんぽんと叩いてくれるところまで。律はこの角度から見上げる人影におぼえがあるなと考えて、

「グレンさん。もしかして、僕が熱を出してたときに、何度も見に来てくれました？」

あるいはと推測して聞いてみる。彼は答えなかったけれど、それはきっと肯定の無言なのだ。

「ありがとうございます」

彼はその広い肩をあげたのち、ややあってからぼそりと言った。

「俺のせいでもあるからな」

その意味がわかったとたん、律の頬が熱くなる。

「そっ、そんな。あなたのせいじゃ」

声が尻つぼみになって消える。シーツを顔の半ばまで引きあげて、律は恥ずかしさに悶《もだ》えそうになってしまった。

このベッドで。このひとと。それをまざまざと思い出し、血圧が急上昇するのがわかった。

「顔色は確かによくなったみたいだな」

かすかな苦笑を頬にのぼらせ、彼は「また来る」と踵《きびす》を返す。律は長身の男を視線で追っていたが、言わねばならないことがあったとベッドの上に起き直った。

「グレンさん、待ってください」

ドアノブに手をかけていた彼がその場所で身をひねる。

「僕、ご相談したいことが」

「相談?」

「はい。今後のことであなたに話があるんです」

グレンはふたたびベッドの傍《そば》まで戻ってくる。律は布団を撥《は》ね退《の》けて、シーツの上に正座した。

「あれから考えていたんですが」

律は自分がアンセルム侯爵家の跡継ぎから外されたこと、以後は金銭的にも社会的にも侯爵令息としての恩恵は受けられないことを知ったと話した。

「そいつを誰から聞いたんだ」

「その。マリリンと、僕の取り巻きだったらしい人達からです」

「あいつらか」

グレンは舌打ちせんばかりだ。

「あれでは仕置きが足りなかったな」

独り言を低く洩らして、彼が言う。

「その事実を知って、おまえはなにをする気なんだ」

「それなんですが」

神妙な面持《おもも》ちで律は切り出す。

「僕をこの家ではたらかせてもらえませんか」

「おまえは俺の大切な預かり人だ。それでは充分でないと言うのか」

「いえ、とんでもない。そのことは本当にありがたいと思っています。後見人になってくださったお気持ちも」

「じゃあそれでいいだろう」

でも、と律は思案の末の想いを伝える。

「なにもせずにお世話になるのは、僕が心苦しいんです。かといって、お金を稼いでこようにも、僕には知恵も経験も足りなくて」

「だから、この屋敷で仕事を見つけたいと言うのか」

「はい」

グレンはしばし沈黙したまま律を見下ろしている。

なにを馬鹿なと反対されてしまうだろうか。おまえにできる仕事はないと突っぱねられてしまうだろうか。しかし、グレンはかしこまった姿勢でいる律を眺めていたのちに、深く息を吐き出した。

「わかった。なにか探しておこう」

律は大きく目を見ひらいた。

「本当ですか」

「ああ。変に断って、おまえがこそこそ屋敷を抜け出し、街へ仕事探しに行っても剣呑《けんのん》だからな。この屋敷でおとなしくさせているうちは安心だ」

賛成ではなく、譲歩するかたちだったが、律は彼の温情がうれしかった。

「ありがとうございます」

「まずは体調をととのえろ。なにをするにもそれからだ」

膝の上で手をそろえ、真面目《まじめ》な気持ちで律はうなずく。グレンはその様子を見てちょっと笑い、律の隣に腰を下ろした。それからふいに手を伸ばし、律の頬に触れてくる。

「あ……」

律の呼吸がつかの間止まる。

さわられた指の先から熱いものが注ぎこまれるような感覚がする。身動きできずに息を呑んだままでいれば、彼はそこをそっと撫で、それからいきなり頬肉を摘まみあげた。

「ふにゃっ⁉」

わりと痛い。面食らって見あげたら、彼は唇をひん曲げて、面白くなさそうな口ぶりで言

ってくる。

「この家ではたらきたいと言い出したのは、マリリン殿の入れ知恵か」

「いひゃ、それらけれはなひん、れすふぁ」

元々考えていたのを、マリリンのアドバイスが補強してくれた格好だ。

——あんたは下働きとはべつの方向で借りを返す。さっき言ってたみたいにおしゃべり相手になるとかなんとか。あと、あんたは真面目で書類仕事とか得意だから、そっちの方面で役に立つってのもいいわね。

「マリリン殿にまた会いたいか」

それは、できたらそうしたい。律が頬を伸ばされたまま「ふぁい」と洩らすと、彼はしかめっ面《つら》で指を離した。

「すぐには無理だが、手紙のやり取りの仲介くらいはしてやろう。面会もいずれかならず」

律が感謝の言葉を述べると、彼は鼻息をひとつ洩らして背を向ける。

「とにかく完全に元気になれ。そうしたらおまえの願いを叶《かな》えてやる」

ぶっきら棒にそう言い置くと、彼は部屋を出ていった。

ひとりになって、律は少しひりひりしている自分の頬をさすってみる。

まさか、とは思うけれど、マリリンに焼き餅《もち》……なんてことはないのかな。

思ってすぐに打ち消した。グレンの頭越しにマリリンと談合していたから。たぶんその出来事が面白くなかったのだ。

でも……と律は彼の去った方向を眺めて思う。自分は頬の痛みでさえも、あのひとがくれたものならうれしく思ってしまうのだ。


律が体調万全と見なされるまで、その朝からさらに三日間が必要だった。寝込んでからは全部で六日。

七日目の朝食をグレンとともにしているときに、彼が紅茶を飲んでいる律を見ながら言ってくる。

「このあと自警団の団員がここに来る。場所は図書室になるがいいか」

すぐに理解が追いつかず、律は馬鹿面を晒《さら》してしまった。

「今日は無理か」

「あっ……いえ。図書室ですね、はい」

わからないまま承知する。グレンはそっけなく「それじゃ決まりだ」と言い置いて食事を終え、外出していったけれど、律はいまだに疑問符を頭に浮かべたままだった。

いったいなんだったんだろう。でもおそらくはグレンが前に言っていた仕事に関することかもしれない。

そしてその推測は当たったようで、それから三十分ほど経ったころ、律は図書室で訪問者を迎えていた。

「おはようございます」

どんな挨拶が合っているのか判断できず、律は無難な言葉を選んだ。入室してきた眼鏡《めがね》の男は「おや？」というふうに眉をあげ、それから柔和な笑みを見せる。

「リアン・ロフル・フォン・アンセルム様ですね。わたしはアロイス・フォン・ランガーと申します」

彼は瘦せていて背が高く、グレンとおなじくらいの年格好《としかっこう》かと思われた。手には紙箱と書籍のたぐいをたずさえていて、衣服はかつて見た騎士団の制服を思わせる。ただそれよりは飾りが少なく、色もほぼ紺一色というあっさりめの装いだ。

「それではさっそくご説明してもよろしいですか」

「あ、はい。どうぞ」

図書室の窓際には本を読むためのひとり掛けのソファがふたつと、その真ん中にテーブルが置かれている。そこに案内して彼が座るのを待っていたが、いつまで経ってもお互い見合って立ったままだ。

「あの。ここじゃないほうがよかったですか」

荷物もあるようだし、もう少し広いテーブルのあるサロンのほうが適していたのか。

しかし図書室とグレンは言った。いったいなにが正解なのか。

律が迷った顔でいたら、相手は唇の両端をあげ、目玉をくるっと回して言う。

「先にお座りくださらねば、わたしが座れないのですよ」

えっと律が驚けば、彼はますます面白そうな表情になる。

「あなたのほうが身分が高い。わたしは貧乏男爵《だんしゃく》家の出ですから」

「あっ、すみません」

そういう作法は知らなかった。律が急いで着席すると、彼はテーブルに荷物を置き、その正面に腰を下ろした。

「本日は団長殿のご指示により、アンセルム侯爵ご令息リアン様にお目通りが叶いました。ご無礼の段も少なからずございましょうが、なにとぞご容赦願います」

「ご丁寧にありがとうございます。こちらこそなにも知らないことばかりで、ご迷惑をおかけします」

座った姿勢でお辞儀をすると、眼鏡の奥の切れ長の眸《ひとみ》が光る。

「はははあなるほど。そうくる感じなのですか」

「え？」

相手は「ああいや」とつぶやいてから、ふいに真面目な顔つきになる。

「じつはわたしがリアン様にお会いする前、団長殿に言われてまして。先入観はいっさい抜き。いま自分の目の前にいる人物のみを判断して行動せよと」

「目の前にいるってつまり、僕ですね」

この話の落ち着く先がわからない。ともかくもそう言うと、彼は「そうです」と首を振る。

「ではふたつ質問です。まずひとつめ。あなたは身分の上下を気になさらない？」

「はい。気にしません」

「ではもうひとつ。あなたはわたしから教えを請う気持ちがおありなのでしょうか」

「はい。僕は世間をよく知りません。教えていただけるのならありがたいと思います」

彼は「でしたら」と眼鏡のブリッジを押しあげた。

「あなたはこれからわたしの部下になるわけです。このあとは簡単な業務の説明をいたしますから、不明な点がありましたらいつでも質問してください」

「部下ですか」

「はい。ご不満がおありですか」

律は「とんでもないです」と前のめりになって応じる。

「だったら、僕を雇ってくださるんですね。ありがとうございます。頑張りますので、よろしくお願いいたします」

いきおいこんでそう言うと、彼はひととき固まってから、破顔した。

「こちらこそ。ただし、あなたを雇うのは団長殿です。わたしのほうは副団長にすぎませんから」

それでも充分に偉いひとだと思うのだが。

律はすっかり恐れ入って頭を下げる。

「はい、副団長殿。いまからなにをしましょうか」

すると、彼は笑いながら手のひらをこちらに向ける。

「副団長殿はよしてください。わたしのことは、どうぞアロイスと」

「アロイス様？」

「様はなしで頼みますよ。リアン様」

「じゃあ僕のこともリアンと呼んでください」

部下なのだし、呼び捨てでかまわない。そう思って言ったけれど、彼は「そこまでは」と微笑んだ。

「身分のことは置くとしても、あなたは団長殿の大切なひとですから。せめて、リアン殿ではいかがですか」

「はい。でしたら僕もアロイス殿か、アロイスさんとお呼びします」

言いながら、律の脈は速くなる。団長殿の大切なひと。グレンは自分をそんなふうに伝えていたのか。

「では、さん付けで。そのほうが親しみやすい感じでしょう?」

やわらかなまなざしでそう決めて、アロイスはテーブルに置いた箱に手をかける。

「それでは最初の段取りをお教えしますね。帳簿というものを見たことがありますか」

律はもちろん知っていた。区役所勤めでは直接経理にたずさわる内容はなかったけれど、学生時代に簿記の資格は取得済みだ。

前世と違ってこの世界にパソコンはなく、ひとつひとつが手作業だったが、律はまもなく伝票を読み取ることや、ペンで帳簿をつけることを呑みこんだ。

「そうです。その欄は伝票どおりに」

「はい。それからここの数字の合計。これは筆算でしますから、メモ紙があれば助かるんですが」

「メモ紙とは?」

「えっと。余った紙切れがあればなと」

「それでしたらこちらをどうぞ」

律がもらった紙の端に数字を書いて答を出すと、彼は驚いた顔をした。

「へえ。そうやって計算を」

「はい。こちらでは……じゃない、そちらの団では違うんですか」

「そうですね。紙に書く方法は少し違うようですし、数の計算はおおむねこれを使っています」

アロイスが持ってきた箱から取り出してみせたのは、算盤《そろばん》によく似た形状のものだった。

「これは？」

「数取り盤です」

「そのやりかたを僕に教えてくださいますか」

「ええ、もちろん」

そんなふうに午前中いっぱいを言われたとおりにはたらいて、アロイスは昼になると団に戻ると帰っていった。

「午後から僕はなにをすればいいですか」

去り際に律が聞くと、彼は眉をちょっとあげ、目を細めてこちらを眺める。

「ご無理はいけません。お疲れになったでしょうから、午後はゆっくりなさってください」

律はいったんうなずいてから、遠慮がちにつぶやいた。

「それって……けっこう過保護、みたいな？」

「わたしもそう思います」

お互いに誰の指示かわかっているので、目を見交わして笑い合う。そうして、アロイスは「明日また」と去っていき、律は夕食時になってから屋敷に戻ったグレン相手に今日の顚末《てんまつ》を話して聞かせた。

「俺のほうもやつから報告を受けている」

食事が終わって、サロンのソファに座りながらグレンが言う。

「謙虚で出来のいい部下ができたとよろこんでいた」

「ほんとですか」

うれしくて、律は顔をほころばせた。

「ねえ、グレンさん。僕はもっと仕事をさせてもらいたいです。なんだったら、団のほうへ伺いますよ」

グレンが律を手招きする。素直に彼の隣に座り、返事を待つと、腕組みしながらの答が返る。

「それは時期尚早だ」

「そうですか」

律がしょんぼり肩を落とすと、グレンが急いで言ってくる。

「おまえの勤めに不足があるわけじゃない。アロイスもおまえの能力の高さに驚いているようだった。ただ」

「ただ?」

グレンはつかの間ためらってから、投げ出すみたいに告げてくる。

「俺が嫌なんだ」

律は首を斜めにした。そうしてさらに彼の気持ちを知ろうと待っていると、ぶすっとした顔つきで教えてくれる。

「おまえを団に連れていって、変に目立つのは感心しない」

「それは……僕が嫌われ者のリアンだから？　僕が関わっていることであなたの団に悪い噂《うわさ》が立つからでしょうか」

律がしょんぼりと目を伏せる。と、グレンが「違う」と声を張った。

「噂なんかどうでもいい。俺が言いたいのは」

なんだろう。おぼえず律が顎をあげると、苛立《いらだ》たしげな、あるいはなんだか切羽詰《せっぱつ》まっているような男の表情が向けられている。

「グレンさん？」

「ああ、くそっ」

言うなり、グレンが大きく動く。あっと思う暇もなく、律は彼の胸に抱き取られていた。

「俺はおまえをほかの男に見せたくないんだ。この屋敷から一歩も出さず、俺だけがおまえを可愛がっていたい」

律は二重の青い眸を見ひらいた。

ほかには見せたくない。彼だけが可愛がる。それは、まさか。

「独占欲、なんでしょうか」

半信半疑でちいさく洩らす。グレンは低く唸ってから「そうだ」と認めた。

「アロイスがおまえを褒めるのも気に食わない。前評判などあてにならない。団長殿はお目が高いと言われるのにも腹が立つ」

聞いて、律は啞然《あぜん》とする。

「……あの。アロイスさんは仕事の上司で、僕は部下ってだけですよね」

「わかってる」

食い気味に彼がかぶせる。

「それでも俺は苛つくんだ。嫌だけれど、おまえのよろこぶ顔も見たい」

だから、好きなようにさせたい。

苦いものを嚙んだみたいに彼がつぶやく。律は胸がいっぱいになってしまった。

不本意なのに、彼は律の気持ちを尊重してくれる。これはどんな素敵なデザートをもらうよりも甘い味を律にあたえる。

律はおずおずと彼の背中に両手を回した。

「グレンさん。あなたに会えて僕は本当によかったと思っています。僕はあなたほどやさしいひとを知りません」

「みんなが嫌う男でもか」

「みんなじゃありません。僕、今日会ってわかったんです。アロイスさんはあなたのことがお好きですよ。それに」

言おうかどうしようか律は迷った。

だけど……ええい、言ってしまえ。

「僕もあなたのことが好きです」

お世辞と思うか、たんなる好意と受け取るか。それとも。

律の心臓は早鐘を打っていたが、グレンの反応はそのどれとも違っていた。

「その言葉はこれを見てからもう一度言ってくれ」

グレンは律から腕を外すと、ふところに手を入れた。そうして出してきたものはピンク色の封筒だ。

「マリリン殿からことづかった」

まず驚いて、そのあと喜色が浮かぶのは自分にもどうしようもないことだった。

彼から身を離し、マリリンからの手紙を受け取る律を眺めて、グレンは苦い顔になる。

「おまえは俺を嫌っていない。そう感じるのは自惚れじゃないと思う。だが、マリリン殿とおまえとのあいだには特別なものがある」

「それは……マリリンとは親友だから」

「そうかもしれない」

グレンはなにかが引っかかっているような物言いだ。

「だが、それだけじゃない。ふたりはあきらかにほかとは違う強い絆《きずな》で結ばれている。誰にも入らせない、ふたりだけの共通の何ものかがある。俺のそうした感想は間違っているだろうか」

律は返事ができなかった。それを説明しようとすれば、転生者に関することに触れなければならないからだ。

律が黙ったままでいると、グレンは——あえてと感じるけれど——硬い気配をやわらかくして、律の肩をかるく叩いた。

「気にするな。俺は怒っていないから。ただ、少しばかり面白くなかっただけだ」

俺もずいぶんと心が狭い。自嘲《じちょう》気味に彼はこぼして、ソファから立ちあがる。

「マリリン殿に返事を書くなら、明後日《あさって》の朝までに執事に手渡しておいてくれ」

律からの応答を聞く前に、グレンは部屋を出ていった。

静かになった室内で、律は身体が二つ折りになるくらいに頭を前に倒していった。

もう少しで手が届くほど近づいたのに、この手紙が自分とグレンとを引き離した。

彼はすでに気がついている。悪役令息とヒロインとの関係ではない、ある日突然意気投合したのでもない、ふたりの間にはなにか特殊な結びつきがあるのだと。

「それは、そうだよねえ」

あれだけ敏《さと》く賢い男が、律の言動におかしな部分があるというのを悟らないはずはないのだ。

いっそ、真実をぶちまけてしまおうか。衝動的に考えて、それはできないと打ち消した。

聖女様で、かつ次期国王の妃《きさき》になる予定のマリリン。そのひとが前世の記憶ありの転生者だと知られれば、どんな影響が周りにおよぶか計り知れない。

慎重に動かなければ、この世界観そのものを壊してしまうかもしれないのだ。律は肺が空っぽになるくらい深い息を吐き出すと、のろのろと身を起こし、もらった手紙の封をひらいた。

中にはピンクの便箋《びんせん》に丸っこいマリリンの文字。

『リッツ、大丈夫？　元気になったってグレンフォール殿下には聞いたけど。アタシのせいでとんでもない目に遭わせちゃってほんとごめんね。リッツの体調が悪かったとき、グレンフォール殿下はものっすごく心配してたわ。まるで過保護のお父さんみたいにね。あのひとにあんな一面があったなんて驚きだけど。それもリッツが可愛くてしかたがないからなのかもね。後見人には俺がなる。リッツにはなにひとつ不自由はさせないつもりだ、なんてことを断言して、それを周囲にも納得させちゃったしね。やっぱりグレンフォール殿下にまかせて、大正解だったと思うわ。これでもアタシは見る目はあるつもりなのよ。そうそう、見る目って言えばさ、ハーラルト殿下についてなんだけど、アタシあのひととの結婚エンドは回避しようと思ってるの。攻略対象の中ではいちばんましかと思ってたけど、なんだかそれも変わってきててね。シナリオが改変されつつあるのなら、それもアリかと考えてるの。ああ、それから最後に。アタシがこないだ言ったでしょ。アタシではどうにも動かせなかったルートが、リッツが来たことで変わったって。それで思うんだけどさ、このシナリオの真の主人公って、もしかしたらアタシじゃなくてあんたかもって。あ、リッツが責任を感じる必要はないからね。アタシはほんとにいまほっとしてるんだから。アタシの性格は知ってるでしょう。なにからも誰からも強制なんかされたくない。自分の未来は自分で切り拓《ひら》いていきたい。それが叶うかもしれないって、すっごく素敵なことじゃない。リッツもこっちの世界では好き放題に羽ばたきなさいよ。そのためだったら、アタシいつでも手を貸すわ。あっと。ずいぶん長くなってきたから今回はこのへんで。また手紙書くから、あんたも近況を報《しら》せなさいよ。じゃあまたね。あんたの親友、マリリンより』

生き生きとしゃべりかけるマリリンが見えて聞こえるような内容だった。

律は読み終えて、感謝とともに複雑な心境を味わった。

「マリリン。僕は元気に暮らしているよ。あいつらに襲われたのはマリリンのせいじゃないから。それに、きみからもらった扇のおかげで、グレンさんにちゃんと助けてもらったし」

そこに親友がいるかのように、ぽつぽつと律は語る。

「グレンさんが過保護の父親みたいだって？　可愛いって言ってくれるのはそんな気持ちがあるのかな。だとしたら……ありがたいんだけど、手放しではちょっとよろこべないって言うか。僕はね、いつの間にかグレンさんが好きになっちゃったみたいなんだ。だからこそ、転生者であるって事実を言いたいし、反対に言いにくい。この世界にあたえる影響も心配だけど、いままで騙《だま》してたのかって嫌われるのが怖いんだ」

いまはもう少し黙ったままでいられたら。

副団長のアロイスさんからいろんなことを教わって、いずれは自活できる道が見つかれば。でもそれまではあのひとの傍で暮らしていたいんだ。

「僕は自分勝手だよね……」

律はいい香りの便箋を持ったまま、長いあいだそこにうずくまっていた。


「次はこの伝票をお願いしますね」

図書室でテーブル越しに向き合って、アロイスが紙束を寄越してくる。

「はい。わかりました」

あれから一カ月。アロイスは月曜日から金曜日の午前中、毎日こうして事務仕事を持ってくる。

今週に入ってからは、仕事に慣れてきたでしょうと、最初の一時間ほどで彼自身は引きあげることもある。

適当に休憩しながらでいいんですよと彼は言うが、律は作業をしているほうが気が楽だ。

「それにしても、リアン殿の仕事ぶりには舌を巻きます。おぼえも早いし、計算も正確です。

これなら団の事務方もずいぶん楽ができますね」

アロイスはそんなふうに褒めじょうずで、そうなれば律はさらにやる気が出る。

「本当は団のほうに来てもらえればと思うときもあるんですが、さすがに団長殿の許可は下りそうにないですしね」

「僕が頼んでみましょうか」

「いやいや。きっと無理でしょう」

アロイスは確信ありげに言ってくる。

「このあいだ、ティータイムに同席させてもらったでしょう。ここのサロンで」

「はい。グレンさんも一緒だったときですね」

律が思い出してうなずく。

「そうそう。あれにはまいりましたから」

「それは、どういう?」

なにか困った出来事でもあったのだろうか。おぼえがなくて、律が不思議な面持ちになっていると、彼は「ははは」と微妙な笑いを洩らして言う。

「自覚がおありでないくらい日常ってわけなんですよね」

そんなふうに指摘されると気になった。律はサロンでの一件を順を追ってよみがえらせる。

たしか、あの折は十時ごろにひょっこりグレンが戻ってきて、図書室に顔を出した。それでひと休みしようとなって、サロンで出されたケーキを食べ、紅茶を飲んだ。ソファの隣に座っていたグレンには変わったところはなかったが……。律はふと、彼が指を伸ばしてきて、律の唇のすぐ脇に触れたことを思い出した。

あの折、グレンは律のそこからクリームを掬《すく》い取り、ついていたぞと教えてくれた。

「……あ」

その光景に思いが至り、律の頰が赤くなる。

グレンの仕草はとても自然で、律のほうに気恥ずかしさはあったものの、なんとなく普通の出来事みたいに流してしまったのだった。

「おわかりいただけましたか」

律の反応から察したのか、彼が面白そうに言う。

「まあわたしへの牽制も兼ねていたのかもしれませんが。団長殿はいつもあんなふうなんですか」

「それは、その……最近は」

グレンがマリリンの手紙をもたらしてくれた朝、彼は怒っていないと言ったが、律への苛立ちは隠せていない様子だった。

だから、きっとグレンは律を不快に思い、距離を空けるに違いない。そう予想した律だったが、それに反してグレンの態度は変わらなかった。前とおなじく親切で、気持ちのへだてなく接してくれる。

それゆえ律はひとまず安堵し、自分のグレンへの想いのほうもいったん保留で、仕事にいそしんでいたわけだ。

「なるほどね。安心第一の作戦でいくわけですか」

そのつぶやきを聞き逃し、律は「え？」と問うてみたが、彼は「ああいえ、なんでも」と濁してしまった。

そうして互いに業務に戻り、昼近くなったころ、アロイスが「わたしはこれで」と席を立つ。

「あとはおまかせできますか」

律が腰を浮かせるのを、彼はそのままと仕草で止める。

「くれぐれもお疲れにならない程度に。過保護な団長殿にわたしがお叱りを受けますからね」

悪戯《いたずら》っぽく言い置くと、彼は制服の背中を見せて去っていく。律はそちらにお辞儀をしてから、姿勢を戻し、ふたたび自分にあたえられた事務仕事に集中していたときだった。

「アロイスさん？」

近づく足音が聞こえてきたので、副団長が引き返してきたのかと律は思った。

「俺だ」

聞き馴染《なじ》みのある声にハッとする。驚く律の前に来て、グレンは「よしよし」と頭を撫でた。

「仕事に精を出してえらいな」

子供の扱いだったけれど、律はくすぐったい気持ちになった。

グレンは空いているソファに腰かけ、伝票を摘まみあげるや、ひとつ鼻を鳴らしてみせる。

「根気がいる仕事だな。あまり急いでやらなくてもかまわないぞ」

「そうはいきません。せっかくいただいた業務ですから」

持っていかれては困るので、律はあわててテーブルの伝票を引き寄せた。

そこから目線だけをあげると、彼はうろんな顔つきで数取り盤をいじっている。

「おまえはこれも得意だそうだな。帳簿の間違いも見つけるのが上手《うま》いとか」

褒められたのか微妙なので返事をしかねる。グレンはこちらを見ないままに言葉を継いだ。

「おまえはアロイスに団には広報が必要だと言ったそうだが」

そうですと律はうなずく。

「アロイスさんにいろいろ教えてもらいました。グレンさんの自警団は立派な仕事をなさっています。それを王都の住民に周知させる方法はないものかと」

「は。俺たちが王都の連中に親しみを持たれてもしかたない。ある意味怖がられなきゃやりにくい面もあるしな」

「それは、そうですが」

犯罪の取り締まりや、それを未然に防ぐための抑止力は必要だろう。けれども、むやみに恐れられる必要はない。王都の住民に親しまれ、頼もしい存在と思われる側面もあっていい。

律がそれをグレンに説くと、彼は黙って聞いていたのち「具体的にどうするんだ」と言ってきた。

「広報誌をつくりませんか。自警団が日頃どんな活動をして、どれほどの成果をあげているのかを周知宣伝するんです。もちろん公《おおやけ》にできない内容もあるでしょうから、差支えのない範囲でも。僕が思うに、グレンさんの自警団は警察に似ているところが多いでしょう」

そこまで言って、思わず息を呑んでしまう。それまでグレンは気のない表情で流し聞きをしていたのに、ふいにその頰を強張《こわば》らせたからだった。

「……警察」

彼は宙を見ながらつぶやく。律はしまったと自分のうかつさを後悔した。

警察はこちらの世界にはないものだ。そこに反応したらしい彼は怪しんでいるのだろうか。

しかし、グレンは律ではなく、どこか遠いところを眺めたままでいる。

「そうだ……俺は」

このあとなにを言うのだろう。緊張しきってグレンを見守る律だったが、しかし彼は手繰《たぐ》り寄せる糸が突然切れたみたいにがくんとのけぞり、自分の目の上を右手で覆った。

「グレンさん？」

心配でたまらなくて声をかける。彼はなにかを払うようにいったん頭を振ってから、ようやく視線を合わせてきた。

「いや……なんでもない」

そうは思えなかったけれど、彼は律の追及を許さなかった。毅然《きぜん》とした表情を取り戻し「それはともかく」と話題を変える。

「今日はおまえに伝えておきたいことがあって戻ってきたんだ」

まだ気がかりを引きずったまま律はうなずく。

「マリリン殿が明日ここを来訪する」

意表を突かれて、律はぽかんとしてしまう。

「え。この屋敷に来るんですか」

「ああ。聖女様のたっての頼みだ。絶対おまえに会うんだとねじ込まれて、さしものハーラルトも無下にはできかねる感じだな」

格別に皮肉っぽい言いようではなかったけれど、律は身がすくむ思いがする。

あれからマリリンとささやかに文通はつづいていたが、そのやり取りはこの屋敷の執事を通す格好でおこなわれた。つまり、グレンはマリリンとの文通に関しては、表向きには関わろうとしなかったのだ。

いまだにマリリンとの交流にはおだやかならぬものがある。律はそれを言外に感じていたので、今回の訪問はまさに青天の霹靂《へきれき》に近かった。

律が絶句していたら、彼がいきなり正面から両腕を突き出してきた。

「ふ、にゃっ」

遠慮なく両頬を摘まれてそれぞれ横に伸ばされる。

「変な顔だな」と辛辣《しんらつ》な感想を述べてから「それでもさっきの面よりましだ」と言ってきた。

さっきのとはどういう？　律が小首を傾《かし》げたら、彼は伸ばした頬肉を元に戻し、そこを両手で包みこむ。

「びっくりしたのと、うれしいのと、俺にすまないと思う顔だ」

返す反応をなくしてしまった律を前に、グレンは皮肉っぽく笑んでみせる。

「おまえは可愛いな。可愛すぎて、ときどきにはどうしてやろうかと思ってしまう」

え。それって。

律の鼓動が動きを速める。いまのはいじめっ子の気分なのか。それとも、もっとべつの感情？

惑うあまりに困ったふうになっていたのか、グレンが片方だけ唇を引きあげる。

「さて。下にも置けぬ聖女様のご来駕《らいが》だ。そろそろ行って、屋敷の者に指図をしておかねばな」

言いながらも彼は律の肌の上から手を離さない。

昏《くら》く深い視線を浴びて、にわかに喉が干あがるような心地になった。

「おまえは皆に好かれるな。似た者同士かと思ったのは間違いだった。いまは俺の庇護下にいるが、そのうちどこかに飛んでいくかもしれないな」

好き放題に羽ばたきなさいよ。以前マリリンは手紙で律に発破《はっぱ》をかけた。もしもそうできるなら、自分はどこに飛んでいきたいと願うのだろう。

「僕は……ここに、この屋敷にいますよ？」

ずっとあなたの傍にいたい。そこまで大胆な台詞は言えず、遠回しに想いを告げた。

「そうだな。当分は」

しかし気持ちは伝わらず、グレンはあっさりうなずいて立ちあがった。

踵を返して、図書室の出入り口に向かいながら、振り向かずに言葉を残す。

「広報誌の件、俺が許可する。アロイスと相談して雛型《ひながた》をつくるといい」


あたえられている仕事が終わり、律がもやもやした気分をかかえて図書室を出ていくと、屋敷の中は聖女様歓迎準備でおおわらわの状態になっていた。

玄関ホールや客室、それに食事室やサロン、そのほかありとあらゆる場所を徹底的に清掃し、飾りつける予定なので、律はマルガから聖女様をお迎えする時刻までできれば自室にいてくださいと頼まれる。

「あとでメイドを寄越しますから。食事の支度やお召し替えはその者に言いつけてくださいませ」

明日の衣装に関してだけは、のちほどマルガ本人が来ると言う。

「リアン様のお召し物は完璧《かんぺき》にととのえておきたいですから」

「あ、いえ。準備で忙しいのなら、僕のは適当に選んでもらっていいんですけど」

「とんでもございません。聖女様はあなた様にお会いするためここまでお越しくださるのです。そのリアン様が適当なお衣装でご歓談の席に出るなど、まったくもってあり得ませんです」

厳しい顔で言いきられ、律はただうなずくばかりだ。

結局、午後からはほぼ自室にこもりきり。しかも、この部屋にも清掃の手が入り、律はベッドの上で室内が磨きあげられていくのをちいさくなって見守るだけだ。

そんなこんなで屋敷中がばたばたしているうちに、昼が終わり、夜になり、あれきりグレンとは会う時間もないままに、早くも翌日の正午を回り、ハーラルト殿下が寄越した先触れがまもなく到着と知らせてくる。

律はメイドとマルガによって美しく装わされ、なんとなく美容室帰りの小型犬の気持ちになって、玄関ホールで客人たちを出迎える。

ホールに下りて、視線を走らせたその先にはグレンの姿があったけれど、話をするような雰囲気ではなく、いつもより格式ばった衣装を着けた長身は律をちらりとも見なかった。

やはり面白くないのだろうな。こんな羽目になった原因、つまり自分のことを腹立たしく思っているんじゃないのかな。

そう考えれば、自然と肩先が落ちていく。律がしょんぼりしているうちに客人が現れて、屋敷の者一同が彼らへの礼を表わす。

「出迎えご苦労。グレンフォール」

「ハーラルト殿下にはご機嫌麗《うるわ》しく。また聖女様ご来駕の栄誉に浴し、当家の主《あるじ》として恐悦至極にございます」

ハーラルトはえらそうに、対するグレンは社交的丁寧さで挨拶を交わし合う。

このふたり、異母とはいえ兄弟なんだっけ、と律は複雑な心持ちで格差のついた両者を眺めた。

「マリリン殿たっての願いだ。長居はせぬ」

そうでなければこんなところにはいたくない。その気持ちを隠しもせずに殿下は嘯《うそぶ》く。グレンは顔色ひとつ変えず、律のほうに向き直った。

「リアン殿。おふたりに挨拶を」

え。あっ、そうか。自分もなにか言わないといけないんだ。

内心相当あわてたけれど、身体のほうは無意識に動き出し、なめらかな足取りで来客たちの前に進むと、慣れたふうに礼を取る。

「本日は」

礼儀にのっとった口上を述べかけたとき。

「リッ、じゃない、リアン様」

潑溂《はつらつ》とした声が律をさえぎるや、マリリンが小走りで駆けてくる。

「やっとお会いできましたわ」

いきおいあまってぶつかりそうになったところで、急ブレーキで踏みとどまる。

相変わらずの元気印に律が感心していると、握手のかたちに右手を取られて上下に振られた。

「お元気そうでほんとによかった。心配していましたのよ。わたくしのせいでリッ、じゃない、リアン様にあわやの出来事が起きてしまって」

前に王宮で会ったときと変わりない、いやそれよりもパワーアップしているマリリンと対面し、律はたじたじとなったけれど、同時に気分がはずんでくる。

「大丈夫でしたから。むしろ、マリリン様のお力があればこそ、あの場面では助かりました」

「だったら、ようございましたわ」

今日もピンクのドレスが可愛いマリリンは無邪気そうに言ったあと「ちょっと、あとで顔貸しなさい」と抑えた音量でそうのたまう。

「あー、マリリン殿。馬車での移動は疲れたろう。そろそろここで休憩しようか」

咳払《せきばら》いをしつつ、ハーラルト殿下が横から割って入る。

「それから紹介が遅れたが、今日はもうひとり客人がいる。マリリン殿がぜひ同行をと願われたので伴ってきた」

うながされて、濃い灰色の髪をした若い男が歩みを進めた。

「こちら、サビーノ・ディ・フェルノ殿だ。カラバルロ王国のご出身。王立学園の留学生で、俺たちと同学年だったから、すでに知っていると思うが」

リアンはそうだが、律にとっては初対面。へたにしゃべってぼろが出るのはまずいので、律は曖昧《あいまい》にうなずくにとどめておく。グレンはすでに面識があるらしく、会釈はしたが名乗り返しはしなかった。

「これで挨拶は終わったな。こちらのサロンに案内してもらおうか」

この場を仕切るのはハーラルト殿下だが、グレンはともかく、マリリンとサビーノも殿下に対する距離感がある気がする。

上から指示する殿下ひとりがなにやら浮いているような。その感想はあながち間違いではなかったらしく、サロンに移って歓談の場面でも殿下ばかりが発言し、ほかの面子《メンツ》は一歩下がって様子見をしているふうだ。

「ハーラルト殿下。わたくし少し座を外してもよろしいかしら」

サロンで出された飲み物や軽食やケーキ、いわゆるアフタヌーンティーが一段落ついたところで、マリリンが切り出した。レディの休憩と化粧直しの時間と悟って、ハーラルトは鷹《おう》揚《よう》に許可をあたえる。

「ああいいとも。ゆっくりしてくるといい」

「ありがとうございます。では、リアン様」

流し目で合図を寄越す。急いで律は立ちあがった。

「いえ、よろしくてよ」

マリリンが血相変えて腰を浮かせた殿下をにこやかに制止する。

「この屋敷のことですもの。知った方にご案内いただきますわ」

もっともな理屈をこねて、相手の反対を封じると、マリリンは優雅な挙措で律の腕に手を添える。

「それではまた、のちほど」

そうやって部屋を出る。律はもう心臓がバクバクしていて苦しいほどだ。

「す、凄技」

「あら。インハイ決勝戦の大外刈《おおそとが》り一本ほどじゃございませんわ」

余裕の微笑み。律はもう感心するほかはない。観念して「それで実際にはどこに行くの」とたずねたら、マリリンは少し考える風情《ふぜい》になった。

「リッツの部屋と言いたいけれど、そこはさすがにまずいわね。ふたりで話せるどこかいい場所はないの」

今度は律が考えこむ番になり、ややあってからいい案を思いついた。

「それなら、図書室はどうだろう」

あとで探しに来られても、律の私室より数段ましだ。

「あら、いいわね」

なら早速とそちらに向かう。まもなく律はいつも事務作業をしている席にマリリンを招き入れた。

「へえ。いいとこじゃない。窓から庭も眺められるし。あんた、ここがお気に入りでしょ」

「うん。よくわかったね。最近はここで仕事をしてるんだ」

テーブルをはさんで座る彼女は細首を傾けてから、納得したふうに「ああ」と言う。

「手紙に書いてあったやつね。自警団の事務方をしてるって」

「いまはまだ午前中だけなんだけど。副団長のアロイスさんが毎日書類を持ってきてくれるんだ」

「どんなやつ？」

「経理の伝票を帳簿に記して貸借を合わせるとか、物品の購入リストと倉庫の在庫が合ってるかとか」

「うわ。あんたの好きそうな仕事よね」

「うん。おぼえることもいっぱいあるし、やり甲斐《がい》も充分かな。もう少し慣れてきたら、給金の帳簿も見せてくれるって」

マリリンはふんふんと面白そうに聞いている。

ひとしきり律の業務の内容を聞いていたあと、おもむろに「あのさあ」と切り出した。

「いくらこの世界が乙女ゲームの設定でもね、やっぱ実生活の堅実さって大切だと思うのよね。王宮で舞踏会もいいけどさ、この世界って貴族ばっかかってわけじゃないじゃん」

「そうだけど、どうしたの？」

律は言外にマリリンの鬱屈《うっくつ》を感じ取った。

「ピンクのドレスのヒロインで、聖女様ってだけじゃ足りない？」

「あら。よくわかるわね」

長い睫《まつげ》毛をしばたたかせてマリリンが言う。

「それは、長い付き合いだから」

マリリンは可愛らしい唇からでっかいため息を吐き出した。そして、ぼそっと言い捨てる。

「飽きてきた」

「は？」

「ぶりっこのヒロイン役よ」

「だって……それは初めから決められてたことだろう」

僕だって悪役令息を望んでいたわけじゃないし。律がささやかに反論すると、マリリンは両頬を膨らませる。

「そりゃ、最初は楽しかったわよ。だけど自分じゃなにひとつ決められない。結局攻略対象とくっつかなくちゃ駄目なわけだし」

「次期国王の妃になるって、自分で決めたことじゃない？」

「まあそうだけど。シナリオの大幅な改変はできないって気づいたからね。もういい加減あきらめが入ってたのよ。アタシが好きなのは、もっと違うタイプなのに」

マリリンは手に提げていた扇で机をぱしりと叩く。腹立ちまぎれのその仕草に律はやや怯《ひる》みつつ「違うって？」と聞いてみた。すると、マリリンは待ってましたと口をひらく。

「いい質問だね、ワトソン君」

どこかで聞いた台詞を寄越し、マリリンは大きく胸を張ってみせる。

「アタシが好きなのは、俺様タイプじゃなくて、もっと堅実な性格のオトコなの。芯がきっちり通っていれば、普段はもっさりしててもいいわ。我慢強くて、贅沢とかはしなくて平気で、自分の欲よりか、家族や部下のことをよく考えてくれるひと。あと、やっぱり身体はがっちりしてて、そこそこ顔立ちはととのっていて、髪の色は金髪とかじゃないほうがいい。アタシとしては、濃いめのグレーでおなじ色の眸とかがいい感じ」

律は目をぱちぱちさせた。

なんだかものすごく具体的な例を挙げられた気がするのだが。

濃い灰色の髪と眸。それはどこかで見たような。律は思いをめぐらせて、心当たりにぶつかった。

「あ。もしかして、今日一緒に来たあのひとが？」

「そうよ。よくわかったわね」

マリリンがどや顔でふんぞり返る。

「それだけずらずら並べられたら嫌でもわかるよ。それに、あのひとはマリリンが連れて来てって頼んだんだろ」

的中しても当然と返してから、ふと心配になってくる。

「でも、ハーラルト殿下のほうは？」

「そこよ」

マリリンがふたたびテーブルを扇で叩く。

「あんたは悪役令息でこの世界に転生したでしょ。だけどいまはしっかりとジョブチェンジしてるじゃない。こうやって」

マリリンは両手を大きく横に広げる。

「グレンフォール殿下の後見を取りつけて、自警団の有能な事務員になっちゃったでしょ」

「有能じゃない。まだ端くれで」

「あんたのことだもの。そのうちになくてはならないポジションに就けるって。あと、リッツ、白状なさい」

ずいっと顔を近づけられて、律は思わずのけぞった。

「な、なに」

「グレンフォール殿下といい仲になったんでしょう」

迫力で詰め寄られて、律は困った。

自分はあのひととといい仲とは思えない。恋人でもなんでもないのだ。

それは、普段から甘やかされている気がするけど。困ったときには助けてくれるし、律がしたいと願うことにはかならず力を貸してくれているけれど。

あと……取り巻きだった連中に襲われたあと、ベッドでやさしくしてくれた。あれは生理的な現象だって言っていたけど、頬にキスをしてくれたのはどうしてだろう。

よみがえらせた想い出に、律が胸をざわつかせる。と、その感傷を断ち切るようにマリリンが踏みこんでくる。

「証拠はあがってるんだからね。きりきり白状しなさいよ」

「しょ、証拠って」

律は目を白黒させる。マリリンは自分の袖をまくりあげる仕草をした。

「リッツを、ってか、アンセルム侯爵子息を完膚《かんぷ》なきまでに囲いこむ企《たくら》みよ。もうちょっとで国王の裁可が下りるって聞いたけど」

そこまで言って、マリリンは律の顔をじっと見たのち「あら」と唇を指で覆う仕草をする。

「ごめん。いまのなし。知らなかったんなら、アタシが教えることじゃないし」

「待ってマリリン。いまのはどういう」

「ともかくよ」

マリリンは無理やりに話題を変える。

「あんたはグレンフォール殿下を憎からず思ってる、そうでしょう」

確信をもって図星を指されれば、律は肯定するしかなかった。

「そう、だね」

「あのひとのどんなところが好きなのよ」

律はしばしためらってから、自分の親友に想いを打ち明けることにした。

「最初はただ怖かったんだ。殺されると思っていたし。黒い大きな獣みたいで」

律はぽつぽつと言葉を紡《つむ》ぐ。

「この屋敷に僕が連れてこられたときには、俵《たわら》かつぎだったんだよ。契約だからしかたがないって気持ちがもろに出てたしね。だけど、いろいろあって……あのひとの苦しい立場もやさしい性格もわかってきたから」

「そっかあ」

マリリンは両手で頬杖《ほおづえ》をついて言う。それから「うん。わかったわ」とうなずいて、

「そっから先は本人に言いなさいよ。アタシのほうは、リッツのその顔を見られただけで充分だから」

意味が摑めず律はきょとんとしたけれど、マリリンはそれへの答は寄越さなかった。

「リッツもそうやって、自分を更新したんだもんね。アタシ、すごくいいと思うよ。えっと、その。前のあれよりもずっと――こんな素《す》っ頓狂《とんきょう》な世界で言うことじゃないかもだけど――地に足がついている恋心って感じでさ」

地に足がついているのかどうなのかはわからないが、確かに不毛な片想いから抜け出せた気はしている。

「そうかなあ」

「そうよ。で、ここでアタシの番なわけ」

前後の繋がりが不明なので、律は無言で次の台詞を待っている。

「あんたがそうやって固定のシナリオから飛び出せたんなら、アタシもワンチャンあると思う。ここは一発オンナは度胸で試してみるわね」

「し、茂雄《しげお》?」

「茂雄じゃなくて、マリリンって言いなさいよ」

親友の不穏な気配に、つい昔の呼びかたが出てしまった。マリリンは厳しく律を咎《とが》めてか

ら、耳を澄ませる仕草をする。

「よっしゃ、やるか」

マリリンがつぶやいてすぐ、幾人かの足音が交差して聞こえてきた。先頭はハーラルト殿下で、その次がグレン、最後がサビーノの順だった。

「なにをしている!?　この不埒者《ふらちもの》」

「まあ殿下」

マリリンは金色の巻き髪を手で掻きあげる仕草をした。

「ハーラルト殿下はわたくしをお咎めになるんですの」

マリリンの反駁《はんばく》に殿下はあわてた顔になる。

「あっいや、あなたのことではなくて」

それからあらためて憎々し気な顔つきで律のほうを睨《にら》みながら、人差し指を突きつける。

「おまえだ、リアン。マリリン殿を勝手に拉致《らち》して。遅いと思って調べさせればこの始末だ」

ハーラルト殿下たちからさらに離れた向こう側には、執事とマルガの姿がある。はらはらしている様子なのが遠目にも見て取れた。

「グレンフォール、これはおまえの落ち度だぞ。たかが屋敷の厄介者の躾《しつけ》もできていないのか。このていたらくで養子縁組とは笑わせる」

養子縁組とはなんだろう。話が読めなくて、戸惑う律はグレンのほうに視線で問いかけてみたものの、彼は眉ひとつ動かそうとしなかった。

「なんなら俺がこいつの身柄を引き取って、一から躾け直してやろうか」

毒々しい口調と、それに見合った表情だった。グレンがふっと身じろぎしたとき。

「おやめあそばせ」

毅然とした女性の声がグレンとハーラルトのあいだを断ち切る。

「わたくし、あなたのそういうところが嫌いですの」

目と口を丸くひらいた殿下の顔は正直格好悪かった。いままでに誰かから面と向かって嫌いと言われたことはない。そう思わせる驚きぶりだ。

「マッ、マッ、マリリン殿っ」

ようやく出てきた彼の声は見苦しくかすれていた。

「まさか。そんな。マリリン殿がそんなことを言うはずが」

混乱していた殿下はいきなり律を指差す。

「おまえのせいだな。おまえがたぶらかしたんだ」

「僕は、なにも」

「嘘をつけ」

逆上した殿下が律に摑みかかろうと詰め寄ってくる。その寸前、グレンが彼の動線をさえぎった。

「そこをどけ！」

殿下の怒号に応じたのは、しかしグレンではない人物だった。

「どかなくてもよろしくてよ」

マリリンが靴音を響かせながらふたりの真ん中に移動する。そうしてハーラルト殿下のほうに向き直り、

「リアン様はわたくしをたぶらかしてはおりません。リアン様はわたくしの大切なお友達。それ以上の関係ではありませんから」

殿下と真正面から向き合う位置で、きっぱりと言ってのける。

「じゃあなんでふたりきりでこそこそしていた！」

「恋愛相談をしていましたの」

これは想定外だったらしく、殿下はぽかんと口をひらいた。

「恋愛相談？」

「はい。わたくしの愛するひとに告白をするための勇気をもらっていたのですわ」

「では、告白をするがいい」

自分に対してのものだと疑わない態度だった。

自信満々で待ちかまえるハーラルト殿下のほうを一瞥《いちべつ》し、マリリンはドレスの裾をひるがえすと、目当ての人物に歩み寄る。そうして、サビーノの面前まで行くと、両手を胸前で組

み合わせた。

「サビーノ様。お慕いしておりますわ」

たぶん雷が落ちたのとおなじくらいの衝撃が起きたと思う。少なくとも、ハーラルト殿下にとっては。

いったん青褪《あおざ》めた顔色がみるみるうちに赤くなり、それでもすぐには言葉が出ないようだった。

「わたくし、自分の運命は変えられないと思っていました。けれども、わたくしのお友達が活路をひらいてくれましたの。あたえられた役割も変えられる。自分の想いのままに行動していいのだと」

「マリリン殿」

サビーノは武骨な男のように見えたが、かすかに笑みを浮かべると、ぐっと雰囲気がやわらぐのだと律は知った。

「その。聖女様から過分なお言葉を頂戴《ちょうだい》し、いささか戸惑っているのだが」

しかし、とサビーノは心持ち照れたような表情を見せながら「マリリン殿のご厚情をうれしく思う」とゆるぎない声音で言った。

「本当ですの」

「ああ。俺はこのように気が利かない男だが、マリリン殿の闊達《かったつ》さと思いやり深い性格を好ましく感じていた」

やった、と律は小躍りしたい気分になった。マリリン、よかった。気持ちが通じた。

「わたくし、本当はしとやかではございませんのよ」

「そのほうがいい。我が家の領地は山間の険しい場所だ。おとなしいばかりではつらいだろう」

「本当は馬にも乗りたいし、武術も習得したいのですが」

「それはいい。今度俺が教えよう」

「サビーノ様」

「マリリン殿」

ふたりは熱く見つめ合う。眺めている律のほうが照れてしまって、むずむずした気分になってきたその瞬間。

「こんな話があるか⁉」

しばし呆然《ぼうぜん》としていた殿下が怒りを天に噴きあげる。

「他国の、しかも山以外なにもない領地のやつに。フェルノ家などカラバルロ王国でこそ三大氏族となっているが、たかが田舎公爵家の身分じゃないか。王子のこの俺が我が国の聖女様を掻《か》っ攫《さら》われてたまるものか」

帰るぞ、とハーラルト殿下がマリリンに詰め寄っていく。律はとっさに進路をふさいだ。

「どけ！」

「どきません」

大声は苦手だが、ここで退《ひ》くつもりはない。

「こうなりたいという自分の願いをマリリンは叶えたんです。いままでマリリンがどんなにあらがい、努力しつづけたのか。それが僕にはわかりますから」

「うるさい」

癇癪《かんしゃく》を起こした殿下が大きく腕を振りかぶる。

ぶたれる⁉

それでもいいと観念した律だったが、間一髪その腕が掴まれていた。

「ハーラルト殿下はお帰りになるそうだ。玄関までお送りしよう」

グレンは有無を言わせぬ力で殿下を取り押さえている。

振り上げた右腕を背中に回させ、左肩も自由に動けないよう掴んでとめる。そうして殿下はなすすべもなく図書室の出入り口まで連れていかれた。

「この俺は次期国王だぞ。おまえなんか継承権も持たないくせに」

「だから？」

「手を離せ、無礼者。おまえはこの俺の言うことを聞いていればよかったんだ」

「言うことを聞いていたさ。あのときまではな」

「いいから離せ。自分で帰る！」

グレンはあっさり拘束していた力をゆるめる。殿下はたたらを踏んで転びそうになったけれど、からくも体勢を立て直し、律のほうをねめつけた。

「このままでは済まさんぞ」

呪詛《じゅそ》に似た唸りを吐きつけ、殿下は踵を返すなり、大きな足音を立てながら去っていく。

グレンの目配せで、執事とマルガがあとを追い、室内には四人が残った。

全員でなんとなく顔を見合わせ、直後にマリリンが吹き出した。

「なんなの、あれ。まるっと残念な悪役王子」

かるく笑ってくれるから、この場に風が通ったように涼やかになる。

「マリリンにふられたからね。ショックだったんだと思う」

「まあいいけどさ。あんた、あいつに気をつけなさいよ。変な捨て台詞を残していったし」

この台詞には律ではなくてグレンが応じる。

「それは俺が充分に気をつけよう」

「あら。まかせてオーケイ？」

「もちろん」

「でしょうねー」

マリリンは元々の言葉遣いに戻している。しかしグレンはそれについて指摘せず、サビーノだけが戸惑いがちにたずねてきた。

「マリリン殿はそのような話しかたをするのだな」

「うん。そうだけど、こういうのは好きじゃない？」

「いや。元気があっていいいと思う」

「よかったぁ。元気なら売るほどあるわよ」

そうして視線を交わし合って笑うので、律までなんだかくすぐったい気持ちになった。

「それよりサロンに戻らない？　まだ時間はもう少し取れるわよね。グレンフォール殿下の普段のお仕事のご様子や、サビーノ様のご領地の出来事なども知りたいわ」


夜になって、自分のベッドで律は寝転んでいる。あれから四人で談笑し、マリリンとサビーノは夕刻に帰っていった。グレンも同時に屋敷から出ていったので、律はひとりで夕食をとり、風呂にも入って、あとは寝るばかりの状態だ。

気になるのは、ハーラルト殿下が残した捨て台詞。

――たかが屋敷の厄介者の躾もできていないのか。このていたらくで養子縁組とは笑わせる。

あの話の流れから解釈すると、養子に行かされる手筈《てはず》なのは自分自身だ。

やはり、この屋敷から出ていかねばならないのか。

グレンは自分をどこかの家にやってしまうつもりだろうか。

律は白い寝間着姿で、シーツの上で寝返りを打つ。

グレンが心を決めていれば、ひっくり返すのはむずかしい。でも、と律は唇を引き結ぶ。

自分はここに、グレンの傍にいたいのだ。グレンがどうしてもと考えるなら、受け入れなければいけないけれど、せめて自分の想いだけは打ち明けたい。もしも明日グレンに会えたら、話がしたいと頼んでみよう。

律がもう一度姿勢を反転させたとき、部屋のドアがノックされた。

「はい？　どうぞ」

マルガだろうか。そう思って応じたが、現れたのはグレンだった。彼は帰ったばかりなのか、外出着の格好で、その表情は硬かった。

「夜分にすまない。少し話ができるだろうか」

「あ。もちろんです」

律は急いでベッドから下りていく。室内履きに足を通し、ベッドの端に置いていたガウンを拾って袖を通した。

「着替えたほうがいいですか」

べつの部屋に行くならと思って聞けば、彼は「いや」とドアの前から言ってくる。

「あそこでもかまわないか」

グレンが指差したのは、テラス窓の方角だ。それで律は彼と一緒にバルコニーへ出ていった。ふたりで手すりの前に立ち、二階からの夜景を眺める。

「聖女様には驚かされた」

しばらくしてからグレンが正面を見たまま洩らす。

「あのひとは度胸があるな。他国にやるのは惜しいくらいだ」

「でも……マリリンもたくさん考えて決めたことだと思います」

マリリンはこうと決めたら徹底的に押しまくるところがあるが、猪突《ちょとつ》猛進というタイプではない。行動に移すときは理性的に思案してから。そういうやりかたを律はこれまでの付き合いで知っていた。

グレンはつかの間黙っていたのち、ぼそりと洩らす。

「彼女のことをよくわかっているんだな」

「それは、友達ですから」

「どんな種類の友達だ？」

こちらに視線を向けてくるグレンに返事をためらった。

転生者同士であることは言えない。その流れで幼《おさな》馴染《なじみ》であった事実も教えられない。窮した律はそれでも嘘は言いたくなくて、ぎりぎり近い言葉を選んだ。

「互いの秘密を分かち合う友達です」

「その秘密はふたりだけのものなのか」

律はこっくりうなずいた。

「すみません。でも、いつかあなたに話せるときが来たら、かならず打ち明けるつもりです」

本当はいますぐにでも彼にしゃべってしまいたい。このひとに隠しごとなんかしたくないのだ。律が苦しさでいっぱいになり、眸を揺らして見つめていたら、彼がふっと頬をゆるめた。

「そんなにつらそうな顔をするな。自分だけのことではないから言えないのだろう」

グレンは目を細め、怒っていないと知らしめるかのように律の頭を撫でてくる。

「聖女様は度胸があるが、おまえも劣らず勇気がある。表面上のことではない芯の強さがおまえにはそなわっている。俺はおまえのそういうところが好ましい」

過分な評価と思ったけれど、彼に褒められてうれしかった。はずむ気持ちが律の口をかるくして、気づけば自分の中で満タンになっていた想いが溢《あふ》れ出している。

「僕もあなたの強くてやさしい性格がとても好きです。最初はとっつきが悪そうに感じられて、僕も怖々だったんですけど。あなたはずいぶんな厄介者を押しつけられてしまったのに、いつも誠意をもって僕を扱ってくれました。僕が元気をなくしていたら、洋服や飾り物を買ってくれようとしたり、それに興味がないとわかれば、べつの方法を探してくれたり。僕のことを噂だけで我儘だと決めつけないで、あなたはつねに僕自身を見てくれました。僕の食が進むように気を配ってくださったり、はたらきたいとお願いしたらそれを叶えてくださったり。ほんとはそこまでしてもらう値打ちなんか少しもないのに。あなたは僕に向き合おうと努めてくれて、その気持ちがどれほど僕にはうれしかったか。僕はこの屋敷に来て初めて、生きてるって楽しいなって思えたんです。そんな気持ちにさせてくれたあなたに感謝していますし、とても、えっと、慕わしく思っています」

あなたのことが大好きです。それはさすがに言いにくい。話しながら軌道修正したけれど、だとしてもちょっとしゃべりすぎたんじゃないだろうか。

マリリンだったら、いつもの早口と笑われそうだ。そんなことを思っていたら段々我に返ってきて、律の頬が真っ赤になった。

「本当にそう思ってくれるのか」

グレンの漆黒《しっこく》の眸に輝きが増している。それが綺麗で、つい惹《ひ》きこまれつつうなずいた。

「それなら本題に入らせてもらおうか。おまえは今日ハーラルトが言った台詞をおぼえているか」

「はい。あの……養子縁組のことでしょうか」

たぶんその件じゃないだろうかと見当をつけて答える。グレンは「そうだ」と真摯な調子で言葉を継いだ。

「俺はおまえとの養子縁組を考えている。あとは国王陛下の裁可が下りれば決定だ」

直後に律は絶句する。

ということは、自分はグレンの息子になる？

いやいやいや、と律は全力で尻込《しりご》みした。

「えっと。ものすごく光栄な気もするんですが。でも、いったいどうしてそんなことに」

「それがいちばんいいかと思った」

いちばんいいとは、なにとくらべて？　なんだか引っかかると思いながら律はたずねる。

「あのう。僕みたいな大きな息子をもらわなくても、これからいくらでも」

結婚すればとは言いたくなくて、台詞が途中で切れてしまった。

「俺は貴族の令嬢とは結婚しない。どこの誰とであれ、血の繋がった子供をつくるつもりもない。俺の立場では、しょせん王宮のしがらみが増えるだけだ」

聞いて、さらに謎は深まる。

「でも、養子を迎えるお気持ちはある？」

「ああ。おまえをな」

この返事には、ほとほと困惑してしまう。

「理由がよくわかりません」

理由か、とつぶやいて、グレンはふいに姿勢を変えた。

「あっ」

なにを思う暇もなく、律はグレンの胸に抱き寄せられていた。

「おまえは目を離した隙にどこかに飛んでいきそうだ。だからこうして捕まえておくことにした」

「ぼ、僕はどこへも行きません」

グレンに抱かれれば、いやおうなく鼓動が速まる。目を泳がせながら律は懸命に彼に応じた。

「なら、俺の養子になるのは承知か」

耳の近くでささやかれ、律の背筋がぶるっと震える。

「でも、息子って……ちょっと飛躍しすぎじゃないかと」

いくら義理とはいえ、好きなひとの息子になるのは少し、いやかなり困ってしまう。

これからは家族愛を育んでいく。このひとはそういう意味でだけ自分を好ましく感じているのか。

そう思ったら、気分が自然と沈んでいく。

「自警団との雇用契約じゃいけませんか」

あの団はグレン自身の私設部隊なのだから。そう考えて言ったけれど、彼はすげなく退ける。

「いけないな」

「だけど、あなたは王族ですよ。なのに僕を養子にしたら、王宮とのしがらみが増えませんか」

「王族とはいえ、継承権を持たない一代きりの身分だからな。おまえについては、今後誰とも婚姻関係を持たないことで話をつけた」

「え……」

また情報がひとつ出てきた。このあといくつ後出しがやってくるのか。

律は当惑しきって、口を無駄に開閉したのち、ようやく声がこぼれ出る。

「僕は結婚しちゃ駄目ですか」

目当ての女性がいるわけではなし、ゲイの自分には縁遠い話だが、その理由は知りたかった。

「結婚したいか」

なのに、グレンは違う方向で質問してくる。

「その……女性と結婚したいとは考えていませんが」

やむなく律は限定的な返しをしてみた。グレンは律を抱いた腕をゆるめずに、上から落ち着いた声音を投じる。

「じゃあ、誰となら結婚したい？」

問われて、律は返答に窮してしまう。

二見《ふたみ》のことは好きだったが、結婚したいとは思わなかったし、実際彼が選んだのは律の知らない女性だった。

誰となら、と言われれば……。

律は無意識に自分を腕で囲いこむ男の顔を視野に入れる。

ずっとこのひとの傍にいたい。誰よりも近い場所でこのひとに触れていたい。それは自分の嘘いつわりない望みだけれど。

「俺ならいいとおまえの目が言っている。そう思うのは俺の自惚れか、勘違いか」

「そ……れは」

「おまえは自分が思う以上に顔に出る」

そんなふうに言われたことは一度もない。そもそも律の感情など、誰も重きを置かなかった。なのに、グレンは「そこが可愛いところだな」と駄目押しをしてくるのだ。

「俺もおまえを娶《めと》りたい。そういう意味での養子だが」

ひええと律は心の中で叫んでしまった。

待って待って。この展開についていけない。

「い、いつから」

そんなふうに考えていたのだろうか。

それは、とても大切にしてもらっていたし、アンセルム侯爵家には戻さない、かならずおまえを守るとは誓ってくれていたのだけれど。

「おまえが取り巻きとかいう連中に襲われたとき」

あのときに⁉　でもあれは結構前の出来事で。

「舞踏会でおまえは相当目立ったからな。あいつらだけでなく、おまえを欲しがる人間は大勢いる。だから、早々に手を打っておくことにした」

ああ、と律は理解した。結婚、というか養子縁組は方便で、律の身柄を守りつづけるためが正解。

なんだ、そうかあ。そうだと思った。律は自分の思いあがりが恥ずかしい。

「すみません。ご迷惑をかけてしまって」

言うと、妙な沈黙が落ちてくる。あれっと律が見あげると、彼はなんだか嫌そうに目をすがめていた。

「なぜあやまる」

「え。だって」

「俺はおまえを娶りたい。さっきそう言ったはずだ。その意味がわかっているか」

叱る口調に律は反射で肩をすぼめる。

「ふぁっ。ご、ごめんなさい」

直後に舌打ちされた気がする。それから律の顎が摑まれ、上のほうを向かされる。

「ん……っ」

唇がふさがれて、濃厚な口づけがそれにつづいた。

「う……ん、んっ」

下唇をかるく噛まれ、そこの弾力を確かめるみたいにされる。

仰向《あおむ》けの姿勢が苦しくて口をあけたら、すかさずそこから男の舌が入りこんだ。ぬめらかな感触が口腔《こうこう》内を這《は》い回り、歯列もくまなく探られる。

こんなキスは初めてだった。それに、そもそもこのひと以外とキスを経験していない。

「ん、ふ……っ、んっ」

いつしか舌を吸い出され、男の歯と舌にいいように弄《もてあそ》ばれる。呑みこみきれない唾液《だえき》が顎を伝っているのを感じたけれど、それを気にする余裕がなかった。

「う……ん、ふぅ……っ」

濃く深い男のキスに頭がぼうっとなってくる。グレンの胸に抱きこまれているだけで心臓が跳ねていたのに、これほど激しい情熱を浴びせられて、律はのぼせあがってしまった。

腰が砕けて、しゃがみこみかけ、すんでで彼が引きあげる。

「大丈夫か」

「……ふにゃあ」

言葉にもならないような情けない声音が洩れる。彼が苦笑する気配があって、直後に律は横抱きにされていた。

「少し歩くぞ」

グレンは言って、バルコニーから室内に戻っていく。ここで下ろしてくれるのかと思いきや、彼は部屋を突っ切ると、ドアから廊下に出て、その先へ。

「あの。どこへ」

「俺の部屋だ」

グレンは自分の言葉どおり、まもなく自室に行き着くと、律をその中にあるベッドに下ろした。

「今夜からここで寝てくれ」

律はもうびっくりしすぎて固まっている。

娶るとは、具体的にはこれからグレンと？

「おまえを俺のものにする。が、それは養子縁組が本決まりになってからだ」

顔に疑問符が浮いていたのか、グレンが目を細めつつ律の髪を撫でてくる。

「結婚せずにおまえに手を出したくない」

強く吸われた舌と唇は痺れていたし、やさしく自分を撫でてくる大きな手のひらの感触にも幻惑される。けれども、律はばらばらになりそうな理性をなんとか掻き集め、彼の言う意味を図ろうとした。

養子縁組は結構前から準備していた。息子にしたいのではなく、この縁組は彼が自分を娶るため。だけど、結婚するまでは手を出したくない。

ああ、そうなのかもと律は思った。彼にしてみれば、これは当然の流れなのだ。

「グレンさん？」

まだ少し回りにくい舌を動かして律は問う。

「なんだ」

「あなたは僕が思っていたより不器用さん、なんでしょうか」

ずっともっと大人のひとだと思っていたのに。

「そう感じるか」

「それに、相当策士ですよ。外堀を先に埋めておくなんて」

「そうだな。そこは否定しない」

「養子縁組がととのってから。そんなふうに言うのって、なによりも形式を優先したいって話ではないんですよね。あなたの」

この先は踏みこみすぎになるのだろうか。けれども律は彼の心に触れたかった。真実を知りたかった。

「生い立ちがそうさせている、そうじゃないですか」

グレンの母親は妃のひとりではあるけれど、正妃のように確固たる地位はない。

そのせいできっとグレンは幼いときから理不尽《りふじん》な目に遭ってきた。母親の哀《かな》しみに接する機会もないわけではなかっただろう。だからこそ、律を迎えるためにかたちをととのえ、万全にしたかった。それが彼にとって大事なものへの筋の通しかただから。

パズルのピースがカチリと嵌《は》まって、律は前よりも少しだけ彼のことがわかった気がした。

策を弄《ろう》すのは苦にならないのに、肝心《かんじん》のところでは不器用で、とてもやさしくて誠実なひと。

そのことを理解したいま、律は前よりもずっとたくさん彼のことが好きになった。

「聞いたけれど、答えなくてもいいですよ」

律はこのひとが好きだなあ、としみじみ思って微笑みかける。

「僕はあなたと結婚したい。それだけわかってもらえれば充分なので」

この世界でどうなりたいか。誰といたいか。そのことを知ったいま、律はここで生きていこうと心を決めた。

異世界転生でやむをえない流れではなく。自分が本当に求める場所はここなのだ。

「リアン」

そう呼ばれれば、まだ胸は痛むけれど、それより大事なことがある。

「僕を抱き締めてくれませんか」

じょうずに笑えてはいなかったかもしれないが、グレンは律を掬い取って、両腕の輪の中に囲いこんだ。

もしかしたら、察しのいいこのひとの胸の内にも少しの痛みがあるかもしれない。

律は彼には言えない秘密を抱えている。それを打ち明けられないでいるのだから。

「僕からあなたにキスしてもいいですか」

互いの心にかすかな揺らぎをおぼえながら、それでも交わし合う気持ちはせつなく、愛《いと》おしかった。

律が頬にキスをしようと唇を寄せていくと、彼が「それは困るな」と真面目な調子でぼやいてくる。

「駄目ですか」

「おまえからキスをされると、俺の歯止めが利かなくなる」

「じゃあ、やめましょうか」

「いや。してくれ」

彼がきっぱりそう言うのがおかしくて、律は目で笑みながら頬にキスする。そうしたら、顔を離すなり、彼がふたたび律の唇に口づけてきた。

今度のそれはついばむようなやさしいもので、そのすぐあとに至近距離から視線を交わす。

「おまえを離したくないな。朝までこうして抱いてていいか」

返事の代わりに律は彼の唇に触れるだけのキスをする。

「……んっ」

かるいだけのキスのはずが、彼からお返しをもらったためにすぐに激しいそれへと変わる。

抱き合って、深いキスを何度でも。

彼が好きで。愛しくて。なのにほんのちょっとだけ気持ちがすれ違っている。

だけどそれでも律は心が震えるほど彼が好きで、もうこのまま朝が来なければいい、そんなふうに願ってしまっているのだった。


この夜は結局グレンのベッドの上で抱き合ってふたりで過ごした。キスは何度もしたけれど、それ以上の行為に進むことはなく、ぽつぽつと雑談めいた話をし合うときもあったし、長いあいだただ黙って相手の鼓動を感じているときもあった。

律はこのひとと一緒にいると、すごくどきどきもするけれど、反対にゆりかごに乗せられてゆったり揺られているような、ひどくおだやかな気持ちにもなる。

長いような、うんと短く感じるような時間が終わり、朝になればそれぞれ支度をするために離れたけれど、それからの生活で大きく変わったことがあった。

「今朝はシオムスビに卵焼きか」

律がグレンの求めに応じて料理をつくりはじめたのだ。

「はい。お好きだと言われていたので」

最初はたんなる思いつきで、遅く帰るグレンのために卵と野菜のスープを出した。

あれから律はグレンの部屋で寝るようになっていたから、ほぼ毎晩顔を合わせる。聞けば、夕食をとっていないこともあり、腹に負担にならない程度の夜食があればと思ったのだ。

そこからはじまって、卵とキュウリのサンドイッチや、キャベツとベーコンのミルクスープなど、すぐにできるものをつくると、彼はよろこんで食べてくれる。

そのうちに、朝も簡単な献立を一、二品ほど食事のテーブルにくわえるようになっていた。

「おまえのつくる料理はうまい。前に食べた魚の一夜干しを焼いたのも味がよかった」

「ありがとうございます。だったら、明日はそれを出します」

「そいつはいいな。楽しみだ」

こんなふうになごやかな雰囲気の朝食を済ませると、グレンが今日は一緒に外出しようとうながす。

「今日は夕方まで時間があるし、おまえもたまには外の空気を吸いたいだろう」

「え。いいんですか」

律が外に出るのは舞踏会以来だった。

「ああ。買い物に行くのはどうだ。たしか前におまえから、違う種類の米があればと聞いたようだが」

「あっ、そうです。ぜひお願いします」

そんな流れで馬車に乗り、ふたりして王都の市場に出かけていく。

律の目当ては米だけではなく、味噌《みそ》や醤油《しょうゆ》だったけれど、西洋風が基本になっているこの世界ではそのものずばりの食品は扱っていないようだ。

「すみません。そっちの品を見せてください——え、輸入品？　それでもいいです——あと、そこの海苔《のり》っぽいのも」

おとぎの国仕様のこの世界では、ザ・和食のための食材は数が限られているらしい。それでもなんとか類似の品を見つけ出し、律はほくほく顔で後ろのグレンを振り返った。

「いいものをたくさん見つけられました」

「そうか。よかったな」

「米も水分が多めのものがありましたし、これで前に話してた丼《どんぶり》をつくろうと思うんです」

卵に、親子に、木の葉に、かき揚げとか。律が指を折りながら種類を次々に並べ立てる。

「グレンさんはどんなのがいいですか」

「そうだな。俺はカツ丼が好きかもしれない」

え。と律は一瞬戸惑った。カツ丼の話を彼にしただろうか。しかし、持っていた荷物を彼が横から取るから、そちらに意識が逸《そ》れてしまった。

「あ、僕が」

「いい。それよりも、そろそろ喉が渇かないか」

どこかで休憩しないかとグレンが誘う。言われるままに律がついていった場所は、いろんな焼き菓子を売っている店だった。

「ここは中で買ったものが食べられる」

なるほどと思いつつも、律は店先で足が止まった。

この店はおしゃれで可愛い雰囲気にあふれている。きっと味もいいのだろう。しかし、なにぶんこちらは男ふたりである。くわえて、律の同伴者は黒衣の長身。

外出着に身を包んだこのひとはすごく格好いいのだけれど、はたして店内で目立たずに済むものか。

「どうした。早く来い」

先行しているグレンに手で招かれて、律はあわててあとを追う。

入った瞬間、大注目ではないだろうか。しかし、その心配は杞憂《きゆう》だった。そこには店員以外は見えず、入るとすぐにうやうやしく案内されて席に着く。

こんなにも綺麗で可愛く、通りすがりにちらりと見たショーケースの品物もすごく美味《おい》しそうなのに、がらがらなのはどうしてだろう。律はいちばん眺めのいい席に座り、待ちかまえていたかのようにすぐさま出されたポットの紅茶と、ワゴンで運ばれたケーキの数々を見て気づく。

「グレンさん。もしかして、なんですけど。ここ、貸しきったりしてませんよね」

おそるおそるたずねてみれば、あっさり「している」と肯定される。

「ど、どうして」

「おまえがゆっくり菓子を食べられるようにだが」

当たり前のように言われて、律は腰が抜けそうになる。

ケーキ屋を一軒丸ごと貸しきり。それはまあ、そのくらいの力はあるひとなのだろうが。

あせったあまり、不審者よろしく律は左右を見回した。

「あれ……？」

店の大きな窓ガラスの向こう側に、見知った顔があったような。

「アロイスさん？」

ちいさな舌打ちが聞こえてきて、律はそちらのほうを向く。グレンは表情を変えないままカップの紅茶を飲んでいるが、律にはそれがわかってしまった。

「えっと。これも、もしかして、なんですけど。僕の周りを自警団員で固めてなんていませんよね」

無言は肯定とおなじだった。「すみません」と言おうとして、律は自分の間違いに気がついた。あやまれば、彼はなだめてくれると思うが、この場合の正解はなんだろう。

「グレンさん。ありがとうございます。ケーキ、とっても美味しいです」

すると、グレンは目を細め、よくできたというふうにうなずいた。

「あとでこの店の焼き菓子を自警団への差し入れにしてやろう。それと、屋敷の者への土産《みやげ》にも」

「きっとみんなよろこびますよ」

律が目を輝かせると、グレンの頬に微笑が生まれる。その顔がとってもやさしく感じられて、律は無性に恥ずかしくなってきた。

「買い物も。ありがとうございます。下手なりに頑張ってつくりますね」

「おまえの料理は旨《うま》いからな。楽しみに待っている」

照れながらつぶやくと、さらに律をうれしがらせる返事をくれる。

まるで仲のいい恋人同士のデートみたいだ。その想いがますます律を追いこんで、居ても立ってもいられない気分になった。

「なにをしている」

頬をつねる律を見て、グレンがうろんな表情になる。

「あ。えっと。これって夢じゃないのかなって」

「馬鹿だな」

目を細めつつ、めちゃくちゃ甘い声を落とす。それだけでもひっくり返りそうなのに、手を伸ばしてきて「赤くなってる」と律の頬を撫でるから、くすぐったくて気恥ずかしくて悶《もん》絶《ぜつ》しそうになってしまった。

「顔が真っ赤で、つねったところがわからないぞ」

面白がられていることはわかるけれど、こんなにも甘い雰囲気を隠し持っていたなんて、ちょっとずるすぎるんじゃないだろうか。

「グレンさんが悪いんです」

悔しまぎれにぽそりと洩らすと、声を出して彼は笑った。

「そうだな。たしかに俺が悪い」

この光景を遠目に見ていた副団長のアロイスが、後日律に語るには、

「いや驚きました。団長のあんな様子をわたしは見たことも聞いたこともなかったですよ。あの剛毅果断《ごうきかだん》、鉄心石腸《てっしんせきちょう》、冷静沈着のあのひとが。リアン殿はいったいどんな隠し技を使ったんです」

興味津々《しんしん》で問われても、律はまともに答えられずに、目を伏せて口の中でごにょごにょつぶやくばかりだった。


朝はグレンのベッドで目覚め、おはようのキスをもらって、彼のために料理をつくり、そののち出かける男を見送る。そのあとは図書室で事務の仕事に、調べ物などの勉強をする。夕方以降は入浴し、着替えを済ませて彼を迎える。できるときは夕食を一緒にとるし、サロンでおしゃべりをするだけの日もあるし、そうでなければグレンの部屋で帰りを待つ。遅く

なる夜は軽食の用意だけはしていたけれど、そちらは相手の状況次第だ。

そして、毎晩変わらないのは、ベッドの中でのキスと抱擁。今夜も律はグレンに髪を愛撫されつつ甘い口づけの雨を降らされている。

「ん……う、ふっ……」

彼のキスはやさしく激しく、律の情感をあますことなく引き出していく。うっとりするほど気持ちが良くて、震えるくらいに刺激が強いこの時間。

律は彼のされるままに、撫でられ、口づけられ、頬擦《ほおず》りされて、あえかな吐息をこぼすだけになっている。

どうしてこんなにこのひとの愛撫は気持ちがいいのだろう。律は陶然となりながらそう思う。そして、同時にこの状態を困ったなあとも感じていた。

これ、どうしよう。律が兆していることをきっと相手は知っている。だけど、その部分には触れないで、髪や顔、首や肩や腕のあたりばかりをさわる。

彼から自分のそこに触れられ、快感を引き出された記憶がなまじあるだけに、律はついその折とおなじ触れ合いを求めてしまう。

グレンに抱き締められながら、射精したときのあの快美感。だけど、自分からさわってほしいとは言い出せない。結婚するまではと聞いているのに、自分からねだるのは彼の気持ちを無下にするも同然だ。

我慢しなくちゃと律はおのれに言い聞かせるが、それでもやっぱり感じてしまうのは止められない。

「グレン、さん……っ」

彼の下で身をよじって律は言う。

「もう、いいです、からぁ……っ」

「なにがいいんだ？」

「そんな……しないで」

律の訴えに、グレンは薄く笑うけれど愛撫の手は休めない。

「俺にさわられるのは嫌か」

「嫌じゃない、けどっ……も、つらい」

普段だったら、律が困るとすぐに控えてくれるのに、このときの彼は取り合ってくれなかった。むしろ、思わせぶりに胸の上をそっと撫でられ、律の下腹はさらに疼きを増してしまう。

「あっ……やだっ……」

なんでこんなに意地悪なのか。いつもはすごくやさしいのに。恨めしくて、律が涙目で男を見やると、欲望に光る眸とぶつかった。

「あ……」

彼も自分を求めている。なのにそれをこらえている。

「グレンさん……僕、あなたとっ」

結婚したら結ばれる。ふたりで身も心もひとつになれる。

それが待ち遠しくて、律は自分から相手の首に腕を絡《から》めた。

「グレンさん……っ」

これが彼の意図したことでもどうでもいい。好きなひとと存分に愛し合いたい。

いまはそれだけしか考えられず、律はみずから相手の唇に唇を重ねていった。


養子縁組の裁可が下りる。つまり、ふたりのあいだでの結婚がみとめられる。律はその日がやってくるのを待ち望むようになった。

世間的にはグレンの養子というかたちでも、律にとっては実質彼のパートナーになるのとおなじ。夜ごとにグレンの愛撫を受けて、快感ともどかしさに身悶《みもだ》えながら、律はその知らせがもたらされるのを待っていた。

しかしそんな折、思いもかけない出来事がふたりの許《もと》に飛びこんできた。

「グレンフォール！」

その夜は、帰宅したグレンとともにサロンでゆったりお茶を飲みつつおしゃべりをしていたところだ。しかし、聞きおぼえのあるその声に、グレンの笑みが即座に消える。

「おまえはそのまま」

手で律を制したあと、彼だけが立ちあがる。

律の前に位置を変え、構える姿勢で迎えた相手は、予期したとおりの男だった。

屋敷の者の案内を待つこともなく、単身でサロンのドアをいきおいよく開けたのは、このあいだマリリンにきっぱりとふられた男、ハーラルト殿下だった。

「グレンフォール。おまえに命じる」

入室するなり居丈高《いたけだか》に声をあげる。

「俺の代わりにサビーノと決闘しろ」

この男はなにを言うのか。意味がわからず律の頬が強張った。

「決闘は明後日だ。場所は、そうだな。この屋敷の庭を使おう」

あまりにも一方的な言いようだった。

「決闘とは、なんのために」

冷ややかなグレンの態度が気に障《さわ》ったか、殿下のこめかみがぴくっと震える。

「決まっている。マリリン殿を不正な横取りから救うためだ」

「不正ではなかったように思えたが」

「聖女様は俺の国の所有物だぞ。それを他国の貧乏領主に掻っ攫われてたまるものか」

「聖女様は国の持ち物などではない。もちろん殿下のものでもだ。彼女がどこに行こうとも、それは自由なのではないか」

「聖女様の祝福は国益だ。そんなことさえわきまえていないとは。継承権を持たないやつは気楽でいいな」

皮肉たっぷりの男の台詞に、憤《いきどお》ったのはグレンではなく律だった。

「グレンさんはこの国の利益も将来も考えておられます」

「リアン。よせ」

制止されて、律はぐっと言葉を呑んだ。

このひとは王都の人々の治安を守り、陰では国王や王子のために汚れ仕事に手を染めていた。律も自警団の事務仕事をしたり、グレン本人から聞きおぼえることもあって、彼のはたらきの重要さをよく知るようになったのだ。

現在、国王と宰相は王族と貴族のほうばかり気にしていて、国民の暮らしについては興味が薄い。その空白を埋めているのがグレンが統率する団なのに。

「俺はもう殿下の犬ではなくなった。それこそ聖女様の祝福があったからな。あえてと言うなら、それに足る理由を示していただこうか」

グレンは慎重に相手の出方を測っている。

怒鳴りこんできて命じただけでは、こちらを動かすことはできない。殿下にしてもそれを知っているはずだが。あるいは闇雲《やみくも》に突っこんできただけなのか。

そんな思考が律には見えて、グレンと一緒に殿下の返答を待ち受ける。すると、相手は陰湿な笑みを浮かべて、とんでもないことを言い出した。

「おまえが裁可を求めていた養子縁組、あの件は俺の預かりとなったんだ」

「えっ」

律は愕然《がくぜん》と目を瞠《みは》る。

「具体的には」

グレンの問いに、勝ち誇った顔つきで殿下が応じる。

「グレンフォールは仮にも王族。侯爵家の問題児をそうやすやすとその一端に連ならせていいものか。俺の気がかりを国王はもっともだと考えられたぞ」

つまり、ふたりへの嫌がらせのためだけに横やりを入れたわけだ。

唇を噛む律の前で、殿下は喜色を浮かべて述べる。

「だが、グレンフォールにも数々の功績がある。まあ、俺の所属する騎士団ほどのことはないが。それで俺はひとつ提案したわけだ」

思わせぶりに殿下はそこで言葉を切った。グレンはつかの間黙っていたが、おもむろに口をひらく。

「そちらが邪魔をすることは予想していた。それで、決闘代理の交換条件はなんなのだ。さきほどの言いようから察すると、リアンの身柄に関することだな」

冷静に指摘され、肩透かしを食らった気分か、殿下が顎を引いて言う。

「その小僧を俺の騎士団で預かって、再教育をほどこしてやる。そうだな、まずは半年ほど。それで立派な騎士見習いになったとあれば、おまえの養子にすることもやぶさかではない」

自分が騎士団に？

律は思わず絶句する。自分は剣を持ったこともないのだが。リアンの剣技の力量は知らないが、この細腕ではおそらく大して経験はないだろう。

「本格的に身体を鍛えたおぼえのない貴族の子弟を、いきなり騎士団に放りこむのか。しかも、立派な騎士見習いになったかどうかは殿下の胸三寸というわけだ」

「貴族の子弟であれば、騎士団入団は名誉なことだぞ。なに、大丈夫だ。わが騎士団には腕のいい治療班もついている」

これは完全に脅しだった。決闘代理を引き受けなければ、リアンをここから引き出して、グレンの手の届かない場所に置き、しかも無事では帰さない。グレンの異母兄弟であるこの殿下は、そう恫喝《どうかつ》しているのだった。

「卑怯《ひきょう》で惰弱とはあえて言うまい。惚《ほ》れた女を取り戻すのに代理の男を使うのも、殿下らしいと言えば言える」

グレンの冷ややかな言葉の刃《やいば》は殿下のプライドをしたたかに刺したようだ。血相を変えたあと、歯ぎしりしつつ黒衣の男を睨みつける。

「は。えらそうにぬかしても、しょせんは負け惜しみだ。どうせ、おまえは頭《こうべ》を垂れて受け入れざるを得ないだろうに」

反駁するかと思いきや、グレンはあっさりうなずいた。

「そうだな。俺は承知しよう」

「だ、駄目です。承知してはいけません」

たまらず叫んで、律はグレンのすぐ横まで駆け寄った。

「僕のために決闘なんて絶対駄目です」

律はグレンの腕を摑んで懇願する。

「お願いです。やめてください。僕は騎士団に入りますから」

「リアン」

「大丈夫です。なんとかなります。見習い期間が終わったら、ここに帰してくれるんですから」

「はは。それはいい。冷酷無比で鳴らしている自警団長殿よりも、ひんしゅく者の侯爵令息様のほうがよっぽど腹を括《くく》っているな」

「ご託はいらない」

殿下の嘲りを切って捨て、グレンは正面から相手を見据える。

「俺は代理の決闘を引き受ける。その代わり、リアンはこのまま屋敷に置く。養子縁組の裁可も国王からいただこう」

グレンの迫力に圧倒されたか、殿下は腰が引けていたが、かろうじて返しの矢を相手に放つ。

「それもおまえが勝てればだ」

「勝つさ」

グレンは気負いのない平坦《へいたん》な調子で言った。

「俺には勝つべき理由がある」


ウンタースヴェルク国王子グレンフォールと、カラバルロ王国公爵家嫡男であるサビーノ・ディ・フェルノ。聖女を賭けてのこの決闘がもしも公になったなら、国と国との問題になる。できればサビーノ側が断ってくれたなら。律はそう願ったけれど、彼はこの決闘を引き受ける旨の使者を寄越した――代理の相手、しかもグレンフォール殿下と闘うのは不本意だが、ここで退くのはおのれの矜持《きょうじ》が許さない。フェルノ家は勇猛な軍人を多く輩出する家柄であり、決闘を申しこまれて断れば臆病者とのそしりを受ける――このサビーノの返答を聞く前に、律はマリリンに手紙を書いて執事に言づけていたけれど、あちらからの返事はまだ来ていなかった。

マリリンの性格で知らん顔をするはずはないのだけれど。まさかマリリンの身になにか起きているのだろうか。

気になってならないが、律は王宮内部についての事情を摑む手立てがない。屋敷に戻った執事が言うには、結局マリリンには会えずじまい。王宮の取り次ぎ役に手紙を渡すのが精いっぱいだったそうだ。

そのあいだにも、律はグレンに思い直してもらうように頼んだけれど、彼はもう決めたからと口調はやさしく、しかしきっぱり拒否してきた。

「心配をするなと言っても無理だろうが、俺は剣での闘いには慣れている。相手の技量が優れていれば手加減はむずかしいが、サビーノ殿を殺しはしない」

決闘の前日、グレンは一緒のベッドの中で律の頭を撫でながら不安をなだめてくれたけれど、それでも少しも安心できない。毛を逆立てた猫よろしく律は神経をとがらせたまま一睡もできないで夜を明かし、ついにふたりが闘う朝を迎えてしまった。

着替えを済ませて、あらためて顔を合わせた食堂で、グレンは普通に朝食をとり、食欲のまったくない律を気遣う余裕まであったようだ。

「紅茶だけでも飲んでおくか。この件が終わったら、今度は俺がおまえのためになにかつくろう」

おだやかだが意志をひるがえしそうにないグレンの前で、律は決闘をやめてとも頑張ってとも言えないでいる。

彼が気持ちを変えない以上、しつこく引きとめて士気を下げるのも違うだろうし、かといってマリリンの恋人を負かしてくださいとは口にできない。

悩みに悩んでも、時間は容赦なく過ぎていき、律は庭に出るグレンのあとからついていく。

そうして待つことしばし。庭先にサビーノとハーラルト殿下の一行が姿を見せた。

「おお、そこか。グレンフォール。逃げずにいたとは感心だ」

決闘から逃げたのはハーラルト殿下のほうだ。律はくやしさに拳を握り、血色のいい殿下の顔を睨んだけれど、相手は気にした様子もない。同行してきたサビーノを振り返って、

「そちらも覚悟のほどはいかがか」

芝生《しばふ》の庭に立つサビーノはかるく肩をすくめてみせた。

「殿下に覚悟を問われるとはな。それだけ元気でおられるのなら、殿下ご自身と仕合ってもいいのだが」

「あっ。いや俺は」

サビーノに矛先を向けられて、殿下は顔色を変えるなり、お付きの騎士たちが控える場所に駆けていく。

「能書きはもういいから、さっさとはじめろ」

よし安全と確認してから、自分を守る護衛の前でふんぞりかえってうながしてくる。

サビーノは深追いせず、剣をたずさえたグレンのほうに向き直った。

「いかにも不本意な成り行きだが、俺も騎士だ。愛する女性と自分自身の矜持のために、一戦交えさせてもらおう」

グレンはひとつうなずくと、剣の柄《つか》に手を置いた。

「あなたと闘うのは俺も本意ではないが、こちらも譲れない大切な者がいる」

言いざまグレンは剣を抜く。同時にサビーノも抜剣し、両者はそれぞれに間合いを測るや、凄《すさ》まじいいきおいでぶつかった。

「おっ、はじまったか」

興奮を露《あら》わにハーラルト殿下がつぶやく。

ふたりの闘いは最初から激しく、打ち下ろされたサビーノの刃を、グレンのそれがすんでに止める。金属のぶつかり合う音が響き、位置を変えたグレンの剣先が横薙《よこな》ぎに相手を襲い、サビーノの着ていた服を掠《かす》めて通る。

両者は互いに一歩も引かず、目視さえ追いつけないほどの素早さで剣を打ち合う。

剣技にかけてはどちらも並の腕ではなく、この闘いはすぐに決着がつきそうにないようだ。

踏みこむグレン。かわすサビーノ。鋭い斬撃で攻めこむサビーノと、それを受けて即座に攻撃を返すグレン。繰り広げられる剣戟《けんげき》はいつ果てるとも知れずにつづき、その間にふたりの負う傷は増えていく。流れる血は芝生に滴《したた》り、飛び散って、騎士たちも固唾を呑んで両者の攻防に見入っている。

もうやめてくれ。グレンが傷をつくるたびに、声にはならない叫びがあがる。駄目だ、ふたりとも。これ以上は見ていられない。

サビーノの刃がグレンの腕を掠め、裂けた布地の隙間から赤い色が滲みだす。それを目にした瞬間、律の我慢が音を立ててはじけ飛んだ。

「ハーラルト殿下」

足早に近づいて、律は彼の襟元を両手で掴む。

「決闘をいますぐにやめさせなさい」

いきなりの狼藉《ろうぜき》に殿下が目を白黒させる。かまっていられず、律はさらに声を張った。

「こんなのは間違っている。あなたは卑怯だ。欲しいものがあるのなら、あなた自身が矢《や》面《おもて》に立つべきだ」

律の批難にいっときは絶句した殿下だったが、たちまち気持ちを立て直し「うるさい」と怒鳴り返した。

「俺は高貴の身だぞ。代理を立ててなにが悪い」

「高貴の身分なら、なおさらそれらしく振る舞うべきではありませんか。彼らはあなたのエゴを満たす道具ではありません。すぐに決闘を中止させなさい！」

「な、なにを」

「子供じみた我儘《わがまま》はやめなさい。あなたにも誰かを愛する気持ちがあるなら、こんなことは無意味だとわかるでしょう。あなた自身で愛するひとと向き合わなくて、なにを得ることができるんですか」

面と向かって、こうまで批判されるとは思っていなかったのだろう。殿下は怯んだ顔をして唇を引き結んだが、ややあってから顔を歪めて怒鳴り返す。

「うるさい、うるさい。おまえみたいな厄介者になにがわかる」

言うなり律を突き飛ばす。たまらず芝生に尻餅をついたところに、殿下が腰の剣を抜いた。

「ハーラルト殿下！　おやめください」

騎士の誰かが叫んだのか。しかし、律はとっさに動けず、大きく振りかぶられた剣光のぎらつきを眺めるだけだ。

「リアン！」

グレンの叫びが律の耳に飛びこんでくる。

駄目だ、こっちに気を取られては。落ちてくる刃を無視して彼のほうに視線を向けようとしたときだった。

「やっめなさ――――いっっ！」

電撃一閃《いっせん》。声とともに目の前が真っ白になる。それは律だけではなく、この場にいた皆もおなじようだった。ある者は目を閉じ、またある者は顔面を手でかばい、また間に合わずもろに稲光を見た者は両目を押さえてうずくまる。

「もう。間一髪だったわね」

頼もしいその声は。

「マリリン」

「ハイ、リッツ。ぎりぎりになってごめん」

ピンクのドレスのマリリンは、背後に壮年の男をしたがえている。その姿をみとめたとたん、騎士たちがいっせいに片膝をつく。

「ち、父上。国王陛下。これは、その」

おろおろと視線をさまよわせるハーラルト殿下は無意味に両手を動かしている。

そのあいだにも冠こそ被《かぶ》っていないが豪奢《ごうしゃ》な衣装を纏《まと》ったひとは、マントの裾をなびかせながらこちらとの距離を詰める。向かった先は継承権のある王子ではなく、闘いをいったんとどめたサビーノとグレンのところだ。

「サビーノ殿、どうか剣を納めてくれ。わが愚息の振る舞いを、父としてまたこの国の王としてお詫びする」

サビーノは言われるままに剣を鞘《さや》に納めると、陛下に一礼してみせる。

「国王陛下の謝辞などとんでもございません。血気にはやった馬鹿者のひと幕とお許しあれ」

「うむ。許す。さすれば我がほうの落ち度も看過いただきたい」

言って、国王は真っ青になっている息子を見やる。

「ハーラルト。こたびの所業はいかがいたした。聖女様を軟禁し、かつ友好国の公爵子息と代理を立てての決闘沙汰《ざた》とは」

「おっ、俺。いやわたしは知りません。サビーノ殿はグレンフォールと喧嘩《けんか》沙汰を起こしただけで。マリリン殿はその巻き添えを食わないように一時的に避難させようとしたのです」

この嘘は父王からの「黙れ」というひと言で吹き飛んだ。

「聖女様からすべて聞いたぞ。おぬしがいままでしてきたこと、またしようとしているすべてのことを」

厳しい顔の国王陛下と、その脇に立つ金髪のマリリンと。殿下はがっくりと両膝をつき、彼らの前で頭を垂れた。

「さて。リアン・ロルフ・フォン・アンセルム」

表情をあらためて、陛下が律に呼びかける。

「そちはグレンフォールが率いる自警団の一員だとか」

「はい、さようでございます」

「なかなか優秀と聞きおよんだが」

「過分なお言葉を頂戴し、恐悦至極にございます。ですが、非学非才の身で、なにほどのはたらきもございません」

「そうか、よいよい」と陛下は鷹揚にうなずいた。そのあとで幾分身を乗り出しがちに、

「余の許に来た文書を読んだが、なんでもそちはグレンフォールの養子に入る予定だとか。そち自身にその気はあるか」

「はい。陛下のお許しがいただけるのであれば」

「それなら余からの疑義はない。明日にでも縁組みの手続きを済ませるがいい」

「陛下の慈悲深きお言葉、感謝の極みにございます」

儀礼に則《のっと》って、律が丁寧なお辞儀をする。とは言っても、事態の展開が速すぎて、いまだに現実感が戻ってはいなかったが。

「のう、アンセルムの嫡男よ。さっき、おぬしは言っておったな――あなた自身で愛するひとと向き合わなくて、なにを得ることができるんですか――あの台詞は胸に沁みたぞ」

律はかしこまって頭を下げる。

「余は長年そうしたことを避けていた。楽なほうに逃げていたのだ」

こちらこそ感謝するぞ、と聞かされて、律は身の縮む思いがした。

「とんでもございません。尊き御身がわたしなどに」

「僭越《せんえつ》ですが、陛下」

言葉の途中で、ハーラルト殿下が強引に割って入った。

「こいつに感謝などまったく必要ありません。そもそもこいつは侯爵家から追放された厄介者。学園時代もさんざんにマリリン殿に嫌がらせをして」

「いかにも僭越だな、ハーラルト」

国王陛下がひと睨みで自分の息子を黙らせる。

「聖女様はこの者を親友だと言っておったぞ」

「ですが」

「決闘に代理を立てたのを隠すために、聖女様を部屋に閉じこめておったそうだな。だが、聖女様はそこの窓から抜け出して、余に直《じか》談判をしに来たのだ」

なにを思い出したのか、国王陛下が少しばかり面白そうな表情になる。

「余がわからずやと怒鳴られたのは初めてだったな。しかし、あれで目が覚めた」

国王陛下と口論をして、わからずやとまで言ったのか。

律は親友の胆力に舌を巻いたが、その驚きはこの場にいた人達もおなじのようで、一同は愕然とした表情だ。

「ハーラルト。おぬしはしばらく謹慎しておれ」

さっと顔面を青くした殿下を尻目に、陛下はさらに言葉を継いだ。

「そして、グレンフォール。おぬしの率いる自警団を解体せよ」

えっ、と律は両肩を跳ねあげる。なぜそんな。理不尽だと思った直後、陛下はかろやかな声音を発する。

「そののちあらためて、王立騎馬警察を創設する。これは任務の違いこそあれ、騎士団と同格だ。おぬしはその長官に就くように」

グレンは淡々と一礼してから口をひらいた。

「国王陛下の命《めい》、謹んでお引き受けいたします」

「うむ。頼んだぞ」

そうして陛下はグレンと律とを手招いて、自分の前に立たせて言う。

「グレンフォール。おぬしは自分の愛する者を見つけられたか。愛する者と向き合えたか」

グレンは一瞬もためらわず陛下に告げる。

「見つけましたし、向き合っていくつもりです。これから先も。ずっと、死ぬまで」

グレンの父親は微笑んで、慈愛のまなざしをもうひとりの息子に注ぐ。

「そうか。それではいつまでも幸せにな」


すべてが片づいてのち、律はグレンの私室でソファに腰かけている。

グレンが代理で決闘を引き受けてから、律は寿命が縮むほど悩みまくって気を揉んで。そこから解放されたいま、つかの間の放心状態におちいっていた。

茫然《ぼうぜん》と座りこむ律の耳に、立ち去り際にマリリンが残していったあの台詞が思うともなく浮かびあがる。

――リッツ、ありがとね。あんたの言った――あなた自身で愛するひとと向き合わなくて、なにを得ることができるんですか――あの台詞さあ、陛下じゃないけど心に刺さった。アタシ、サビーノに打ち明けるわ。転生者のこと。だから、あんたも好きなひとに言いたいことをしゃべっていいから。

そうか、マリリンは決心したのだ、と律はぼんやり考える。

転生者であることを自分の恋人に告白する。では、だったら……と自分の内側でささやき声が聞こえてくる。おまえはどうする？　いままで隠していた真実を打ち明けるのか。

「待たせたな」

そこまで思いをはせたとき、部屋のドアが開けられて、グレンが姿を現した。律は文字どおり飛びあがり、彼のほうに駆け寄っていく。

彼の裂けていた衣服はすでに替えられていて、表面的には何事もなかったような見かけだった。

「怪我《けが》は……？」

「大丈夫だ。かすり傷ばかりだと言ったろう」

それからグレンは律の顔色を見て「心配かけてすまなかった」と頭を撫でる。

「俺はこういうのには慣れている。それに」

グレンはにやっと笑ってみせる。

「これでおまえが手に入れば安いものだ」

うまくいったな、と楽しそうにグレンが言う。

「マリリン殿には感心した。二階の窓から破いたシーツで下りていって、陛下のご座所までたどり着くとは。おまけにここまで連れてくるなど、彼女でなければ到底できない芸当だ」

「あ、はい。それは本当に。感謝してもし足りないくらいです」

律は両手を組み合わせ、心持ち背伸びしながら返事した。

「あの。それと、僕……」

言おうか言うまいか律は迷った。

マリリンのおかげで枷《かせ》は外れていたが、グレンが自分をどう思うのか怖い気がする。

転生者であると知ったら、冴えない公務員が実態だとわかったら、このひとはどんなふうに思うのだろうか。

「どうした?」

問いかけるまなざしは律をつつみこむように温かい。律はそれで決心がつき、彼に真実を打ち明ける。

「僕は中八木《なかやぎ》律と言います。前世では二十五歳の公務員。新宿でマリリンと待ち合わせをして、そのあと交差点を渡ろうとしたときに、たしか車が突っこんできて。気づけばこの世界に来ていました」

早口にそれだけ言った。

突拍子もないことだと彼は笑って流すだろうか。それとも、騙されていたことを怒り出す？

身を縮ませながら、上目遣いで彼を窺うと、なぜか相手は気まずそうな顔をしている。

「グレンさん？」

不思議そうな律を眺めて、彼はおもむろに口をひらく。

「うん。まあなんというか、転生者なのは知っている」

頬を掻きながら彼は言う。律は魂《たましい》が消し飛びそうなほど驚いた。

「どっ、どうして、いつ……っ」

それだけ言うのが精いっぱいだ。グレンは「こちらへ」と律の手を取り、ソファのところに誘導すると、律を座らせ、自分も隣に腰を下ろした。

「落ち着いて聞いてくれ。じつは俺も転生者だ」

たっぷり数十秒間は目と口をひらいていたあと、律は「……は？」と間抜けくさい声を洩らした。

「さっき全部思い出した」

「さっき、とは？」

「マリリン殿が雷撃を落としたとき。あのショックで前世の記憶がよみがえった」

もっとも以前から薄《うっす》ら記憶が戻っていたが。彼はそんなことも言う。

「い、以前って？」

「おまえと接するようになって。なんとなく靄《もや》の向こうになにかの姿が見えるときや、これまで聞いたおぼえのない単語が口から出てきたときだ。『カツ丼』は前世の俺の好物で、おまえのしていた話が呼び水になったんだろうな」

座っているのに律は腰が抜けそうになっている。

「いまならわかる。おまえは学園卒業の日にここに転生したんだろう？　俺は生後数日の赤ん坊のときだった」

「え。それじゃ」

ずっとこの世界で成長してきた？

律の気持ちを読み取ったのか、彼が「そうだ」とうなずいた。

「転生したものの、なにしろ赤子だ。すぐに前世の記憶が薄れ、この世界の人間として暮らしてきた。おまえがやってくるまでの二十六年間、俺はここで生まれて育ったと疑いもしなかった」

では、自分は数カ月。マリリンは四年あまり。そして、このひとは二十六年ものあいだ、この世界で暮らしていたのだ。

「あの。お名前をうかがっても？」

律はおずおずたずねてみる。いまだに本当のことなのか、信じかねる想いでいた。

「俺は藤江岳斗《ふじえがくと》だった。前世では交番に務めていて、あの日は街頭監視の任務で新宿の駅付近を巡回していた」

「おまわりさん？」

それはすごく彼にふさわしい職業だが。

でも……待てよ、と律はなにかが引っかかる。考えて、思い出そうと努めて、律は記憶の中からあの折の出来事を引き出した。

『あぶない』と誰かが叫んだ、あれは律が前世で最期に聞いた声だ。

新宿駅から歩いてすぐの交差点。そうだ。自分は横断歩道を途中までしか渡れなかった。暴走車が目の前いっぱいに広がって、でもその前に誰かが律に駆け寄ってくれた気がする。

たしかあのひとは警察官の制服を着ていなかったか。

「もしかして、あなたが僕を助けてくれた？」

まさかと思いながら聞く。彼はかるく肩をすくめた。

「結局は助けられずじまいだった」

これで答え合わせができたな。彼が苦笑しながら言った。

「あのときの事故でマリリン殿を含め俺たちは死んだんだな。そのあとこの世界に転生した」

「……はあ」

律はいっとき脱力したが、いまだに不安は消えていないと気がついた。

「じゃあ、グレンさんは僕のこの姿は嘘だとわかったんですね」

「リアン？」

「そうじゃないです、僕は。ぱっとしない見た目をした、地味そのもののゲイで、片想いの相手が結婚するからってマリリンに愚痴《ぐち》を聞いてもらおうとした、本当に面白みのない男です。こんな金髪に青い目の貴族の令息なんかじゃない」

聞いて、グレンは怒ったふうに唇を引き締めた。

やっぱり幻滅したのだろうか。自分でも前世ではなんの取柄もなかったとわかっているし。

がっかりされてもしかたがないが……せめて自分を嫌わないでいてほしい。

胸が痛くて、身をすくませて、律は相手の返事を待つ。

彼は視線を尖らせたまま、いかにも嫌そうに聞いてきた。

「その片想いの相手とは。そいつがいまでも好きなのか」

律はびっくりして目を瞠る。

「どうなんだ。そいつにまだ未練があるのか」

「えっ……あ、いえ」

律は左右に首を振る。

「未練はありません。もともと僕が勝手に想っていただけで。でも、それもこっちの世界に来てからは思い出すこともなくなって」

「じゃあ、いいんだな」

むすっとしながら彼が問う。

「俺がおまえを娶っても」

「あ……はあ」

律は曖昧に頭を動かす。グレンはさらに機嫌の悪そうな顔をした。

「どっちなんだ」

律は唾を呑みこんでから、ようやく想いを声にする。

「でも、僕ですよ。リアンじゃなく」

「それがどうした」

きっぱり断じられ、律は絶句してしまった。

「最初はそうではなかったが、おまえのことを知るたびに俺はおまえに惹かれていった。嫌われ者の侯爵令息リアンの内面を俺は知らん。知っているのは中八木律、おまえだけだ。先刻陛下にも言ったように、俺はおまえと向き合って、俺の大切なひとと決めた。だからいまのおまえ全部が俺にとってはかけがえのない愛しい者だ」

「僕の、全部が」

律の喉がひくっと鳴った。グレンは律から目を離さない。

「おまえはどうだ。俺がおまえを救えなかった警官と知ったことで幻滅したか」

律は何度も首を横に振ってみせる。

「じゃあ、本当に……僕はあなたを好きでいてもいいんですか」

震える声音で問いかける。いまの自分を丸ごと愛しく思ってくれる。そんなひとを愛することが許される？

「もちろんだ」

言うなり、グレンは律を抱き寄せ口づける。きつい抱擁と奪い取るような激しいキス。

律は男の腕の中で、自分を欲しがる男の激情をしたたか思い知らされる。舌を吸われ、唾液をすすられ、息さえもできなくなって、律の頭に霞《かすみ》がかかる。だから、深いキスの合間に彼がなにを言ったのか聞き落とした。

「……え？」

濡《ぬ》れたまなざしと唇で問いかける。彼は律の唇を長く硬い指で拭《ぬぐ》って、

「おまえをこれから律と呼ぼうか。ふたりのときはそのほうがいいんじゃないか」

ぼんやりしたまま律は頭をこっくりさせる。グレンは得たりとうなずいた。

「だと思った。おまえをリアンと呼んだとき、表情が暗くなるのが気になっていた」

そんなささいなことまで気にかけてくれていた。うれしくて、心の中に温かなものが生まれる。それから律は「あ」と洩らした。

「なんだ」

「あの。あなたのことも前のお名前で呼んだほうが？」

グレンが前世の自分についてどう考えているのかはまだ知らない。遠慮がちにたずねてみたら、彼は「不要だ」と迷わず答える。

「俺はここでの生活が身についている。前世のことは思い出してもさほど実感が湧かないから」

ここで数カ月の自分にくらべて、赤ん坊から成長してきたこのひとにはそれが本当なのかもしれない。律が納得していると、グレンは「さて」と律の身体を横ざまに抱き直して立ちあがった。

「わ……っ」

あわててグレンにしがみつく律を見下ろし、彼は端正な顔立ちに男くさい笑みを浮かべる。

「今夜の話はこれでしまいだ。このつづきはあちらでしよう」

長い脚で運ばれて、ほどなくベッドに下ろされる。自分の上にのしかかる男を目にして、律は目を丸くした。

「え。あの。もしかして」

「そのつもりだが」

律の服を脱がせはじめた男が返す。

「まだ昼前で」

「問題ない」

膝立ちで律をまたいで、手際よく着衣をはぎ取る。

律があわあわしているうちに上半身を裸にされ、露になった胸の上を大きな手のひらで撫でられた。

「ん、っ」

「おまえはここが弱いんだったな」

これはどうだ、と彼が尖りを指で摘まんだ。

「あっ、あ」

「これもいいのか。可愛いな」

まるで肉食獣が餌を前にしているような圧力をあたえてくる。律は身をすくめつつ、ささやかに抗議した。

「養子縁組の許可が出るまで我慢するって」

グレンは片方の眉をあげると、含みのある笑いで応じる。

「なるほどな。だが、おまえは今日陛下から許諾をもらった気がするが」

それはそうだが、実際には明日にでも縁組の手続きを済ませるがいいと、そう言ったのではなかったか。けれども、彼が膝立ちのまま自分の上着を脱ぎ捨てて、あらためて覆いかぶさり、耳元にこんな言葉を流しこめばあらがう気など消えてしまう。

「律。俺はおまえが欲しい。俺のものになってくれ」

ぎらつくまなざしはもはや一刻も待てないと、律の心に訴えてくる。好きなひとのこの願いを律は拒むすべがない。それに、自分のほうだって、彼を愛し、愛されたくて我慢できなくなっているのだ。

「……はい。僕もあなたが欲しいです。あなたを全部僕にください」

返事は言葉ではなく、頬に触れてくる手の熱さと深い口づけであたえられる。

律は男の熱情を感じながら、自分もまた目くるめく陶酔と快感の大波に流された。


男に愛されると言うのが、ことにグレンのようなひとに可愛がられるのがどういうことか、自分はわかっていなかった。

ベッドの上でせわしなく息を継いで、律は注がれる快感に身をよじる。仰向けに晒した乳首はすでに両方とも赤くなってじんじんしている。そこをまた男の指でいじられれば、腰が勝手に動いてしまう。

「や……も、痛い……」

本当は痛みばかりがあるのではない。そこから生じた感覚はみぞおちから下腹につたわって、律を熱くせつなくさせる。

「なら、これはどうだ」

グレンがさらに身を折って、律のその箇所に唇をつけてくる。けれどもいきなり中心に吸いつかず、伸ばした舌で乳輪をなぞりながら円を描いた。

律に見せつけているかのようにゆっくりとねぶられて、恥ずかしさともどかしさが湧いてくる。

「いや……それ、いや……っ」

「物足りないか。ここを強く吸ってやろうか」

言いながら、つんと突き出しているそこを指先でつつかれて、律の口からあえかな叫びがこぼれ出る。

「ああっ……」

「可愛い声だな」

それを何度でも聞きたくなる。独語して、グレンはちいさな尖りを含む。

敏感になっているそこをチュッと吸いあげてから、丸めた舌で幾度もつつき、転がしてくる。そうしてそのあいだには、もういっぽうの乳首を指で揉んでいた。

「あ……やだ……グレン、さん……っ」

「グレンだ」

気持ちがよくて、なのにどこかじれったくて、律が懇願の呻きを洩らせば、彼が違うと言ってくる。

「こういうときはグレンでいい」

こんなときとは、このひとと交わっている時間？

まだいくらかは残っている羞恥心《しゅうちしん》が、律の首を横に振らせる。すると、彼はふっと笑って、赤い乳首を両方いっぺんに摘まみあげた。

「呼ばないと、達くまでここをいじってやるが」

きゅっと指に力を入れられ、律の背筋がちいさく震える。

彼は本気だ。そう呼ばないと、胸を愛撫されただけで達してしまうことになる。

「グレン」

「ああ」

律はいやおうなくそれを悟って、命じられたとおりにささやく。

「グレン……っ」

「なんだ」

「もっと」

「ん?」

あくまでもこちらの口から言わせるつもりの男が律は恨めしい。でも、結局欲しい気持ちに負けてしまって、かすかな声で訴える。

「もっと……ほかの、ところも」

頬に朱を散らした律を見下ろし、男が満足げな笑みを浮かべる。

そのさまを仰ぎ見て、獣が旨そうな獲物を前に舌なめずりするところを連想するのは気のせいか。グレンは律のなめらかな腹部を撫で、そこからゆっくりと指を移動していった。

「たとえばここか」

「あ、っ」

かるく触れられただけなのに、すでに勃《た》ちあがっていた恥ずかしい律のそこは、顕著な反応を示してしまう。

震えて角度をつけた律のしるしにグレンは視線を当てながら「ピンク色で可愛いな」と感想を洩らすから、律の頭は煮えるみたいに熱くなる。

「やっ、やっ」

とっさに身を縮め、両手でその箇所を隠そうとしたけれど、顎を掬われ、濃厚な口づけを降らされれば、律の身体は他愛なくゆるんでしまう。

「辱《はずかし》めるつもりじゃないんだ。おまえの反応があまりに初心《うぶ》でいじらしいから」

そんなことを言われながら、唇に触れるだけのキスをされ、頬擦りされて、ぼうっとなってしまうのは、自分が単純すぎるからか。

「おまえをもっと気持ちよくさせてもいいか」

「は……い」

「この場には俺しかいない。おまえは好きなだけ感じて、俺を欲しがればいい」

男がもっと痴態を見せろとそそのかす。もうとっくに思考が追いつかなくなっている律は素直にうなずいた。

「はい……グレン」

「いい子だ」

グレンは律の背中に腕を差しこむと、自分のほうに引き寄せる。それから横向きに膝の上へ移し替えると、律の頬に口づけしながら「何回でも達っていいぞ」と怖いささやきを吹きこんできた。

「え。あ……っ、ああっ」

そんなと言おうとする前に、下腹に這わされた男の指が律のしるしを握りこむ。

それだけでものすごく感じるのに、リズムをつけて擦られて、律は男の膝の上で身体を何度も跳ねさせた。

「あんっ、あっ、だ、だめえ……っ」

軸を握られ、扱かれて、先のところの膨らみはばらばらな指遣いで巧みに揉まれる。

グレンの指は容赦なく律から快感を引き出すのに、頬や唇に落とされる口づけはやさしくて、そのどちらにも感じてしまった。

「グレン……っ、グレン」

「ん、なんだ」

「傷……痛く、ない……?」

全裸の自分と違って、彼は前をはだけたシャツに、黒いズボン姿でいる。手当てをされた部分は見えていないけれど、彼は少しもその様子を見せないけれど、きっと痛みはあるはずだ。

男の愛撫に惑乱しつつ、それでもふとそのことが気になった。あえかな声音でそう聞くと、相手の動きがとたんに止まる。律がいぶかしくまばたきをした直後。

「ああっ、くそ」

吐き出すようなつぶやきが聞こえたあと、怖いくらいの光を放つまなざしが律を射る。

「やさしくしようと思ったのに」

それはどういう意味なのか聞く暇は律にはなかった。次の瞬間唇がふさがれて、激しいキスに見舞われる。同時に律の下腹の金の毛が引っ張られるほどそこを扱かれ、こぼれ出た呻きも喘《あえ》ぎも男の口腔に吸い取られた。

こらえかねた快感に洩らす喘ぎがベッドの上に幾度も生じる。乱れたシーツに横たわる律の両脚は大きくひらかれ、その付け根には男の顔が伏せられていた。

もうこの格好を恥ずかしいと思うゆとりはなくなっている。律のそこはいろんなものでべたべたになっているし、内腿《うちもも》の柔《やわ》い皮膚には赤い吸い痕《あと》が点々と残されていた。

「んう……っ、あ、うう……っ」

反り返る自分の軸をしゃぶられ、吸われ、唇で扱かれて、頭の中はもうどろどろに溶けている。その下にある膨らみにまで唇が這わされていったときには、思わず泣きが入ったけれど、彼は許してはくれなかった。とんでもないところを食《は》まれ、指でもまた揉みあげられて、律はもうすすり泣くしかなくなった。

「ああ……っく、う……あっ」

こんなことまでされて、それでも律は強い快感をおぼえてしまう。どころか、さらにすぼまりを押し揉まれて、ちいさな悲鳴が洩れたけれど、慄《おのの》きよりも期待が勝る自分がいるのだ。

「そこ……も……じんじんするぅ……っ」

いつの間にか律の尻のあわいには男の太く硬い指が挿しこまれ、ゆっくり出し入れされていた。どこに用意されていたのか、気づけばその箇所にぬめらかな軟膏《なんこう》が塗りこまれ、軸への刺激で抵抗感を薄めつつ、着々とそこで男を受け容《い》れる準備が進められている。

「やだ……そこ……変っ……」

こんなのは自分は知らない。

ゲイではあるけれど、その気のない男に長年片想いをしていたから、その手の妄想をめぐらせるのに罪悪感をおぼえてしまって露骨なビデオや雑誌のたぐいはできるだけ避けていた。だから、ほとんど知識のないままここまで来たのだ。

「グレン……グレン……っ、お願いっ……」

粘りのある軟膏を幾度となく注ぎ足され、律の後ろはもったりとした感覚に満たされている。軸の先端からだらだらと溢れている体液が、そこを伝って尻のほうに流れ着き、軟膏と合わさってクリーム状になっているのか。男の指が出入りするたび、律の身体の中心はぷちゅぷちゅとみだらな水音を生じさせる。

「また……出ちゃう、からっ……も、やめてぇ」

さっき一度出したのに、律のはしたないその部分はまたも先走りをこぼしている。彼に触れられ、いじられ、食まれ、吸われるたびに、あらがいようのない愉悦が律を揺さぶっていた。

「やめてほしいか」

「あ……」

問われて、律に迷いが生まれる。気持ちがよすぎて怖いのは本当なのに、まだその先を見たいと思うおのれはどれほど欲深いのか。

「俺の全部を欲しくないのか」

瞬間、指を呑みこんでいた律のそこがひくんと動く。

「ここで俺を受け容れて、一緒に気持ちよくなりたくないか」

聞いたあと、律が後ろで感じていた硬いものがゆっくり引き抜かれていく。無自覚に律はそれを締めつけた。

「あっ、や」

「律。可愛い律」

その動作をからかいもせず、彼は真摯なささやきを落としてくる。

「頼む。おまえを俺にくれ」

彼のまなざしを見返して、律は唇を震わせた。

こんなにもこのひとは自分を欲しがってくれている。胸いっぱいに甘い疼きをおぼえつつ、律は男に両腕を差し伸べる。

「グレン……来て」

もう少しも怖くなかった。ためらいもない。あるのはこのひとへの愛しさだけだ。

「僕も、欲しい」

「律」

彼が自分をしっかりと抱き締めたあと、おもむろにこちらの体勢を変えようとする。うつ伏せにさせられかけて、律は「待って」と訴えた。

「お願い、このままで」

「だが」

たぶん楽な姿勢をと気遣ってくれたのだろう。でも、律は彼の顔を見て、抱き合ってしたかった。

「初めて、だから」

その気持ちが伝わったのか、彼は律の向きを戻すと、あらためてひらかせた脚のあいだに身体を進める。

「ゆっくりするから」

「ん……」

心臓は跳ね躍っているけれど、恐怖からでは決してなかった。彼が律の腿を摑んで持ちあげて、その箇所に熱く滾《たぎ》るおのれのそれを押し当ててきたときも逃げたいとは思わなかった。

「あ……あ、あ……っ」

すごい質量を持ったものが、自分を押し拡《ひろ》げていこうとしている。さすがに苦しくて、思わず目をつぶったら、あやすような男の声が聞こえてくる。

「律、大丈夫だ。俺を信じて、容れさせてくれ」

ああ、そうだ……そのとおりだと律は思う。このひとはこんなにたくさん時間をかけて準備をしてくれたのだ。

自分の欲望は後回しにして、こちらの身体を気遣って。そう感じたら、構える気持ちが和らいで、全身から力が抜けた。

「じょうずだ、律」

褒められて、腿を撫でられ、律は淡く微笑んだ。

こんなにも好きなひとと結ばれる、これほどうれしいことはない。

「来て、もっと」

乾いた喉から声を出し、律は心持ち自分の腰をあげてみた。

少しでも入りやすくなればいい。そう思っての懸命の仕草だったが、男のそれは大きくて、押しては引きをくり返しつつ慎重にしか進められない。見あげる男の額にも汗が滲んで、もしかしたら彼自身もきついのかもしれなかった。

「だいじょぶ、だから」

強がりではなく律は言った。

「もっと動いて、かまわないから……」

自分の身体はとっくにこのひとのものだから。どんなふうにされたって自分はうれしい。

「律」

「ね……こんなふう、に」

誘うように律は腰を揺すってみせる。グレンは詰めていた息を吐いた。

「だったら、ここで動かすぞ」

奥まで入れるのはまだ無理そうだ。低くつぶやき、彼は自分が言ったとおりに挿し引きの動作をはじめる。

ゆるやかに、突いて戻して。その仕草にいくらか速度が増したとき、律の身体がいきなり跳ねた。

「あっ」

自分でも驚くほどの強い反応。いままで味わったことのない不思議な、けれども激しい快感は律の目をくらませた。

「ああ。おまえはここが好いんだな」

律の反応を的確に捉えたのか、彼がそこばかり狙ってくる。

「あっ、やっ、やあっ」

嫌だと言っても、本当はそうでないのが彼には伝わっていたのだろう。男の硬い欲望は律の脆《もろ》いところを穿《うが》ち、柔襞《やわひだ》を擦りあげる。

「ああっ、あっ、んっ、あ、あっ」

抑えきれない嬌声《きょうせい》をほとばしらせ、律は腰をうごめかせた。すると、もっと感じろというふうにグレンが律の太腿を摑みあげ、繋がったまま自分のほうに引きつけた。両脚を大きくひらき、下半身は宙に浮き、より深く男のそれを受け入れさせられ、強い刺激が全身を駆けめぐる。

「あ、うぁ、ああ……ん、んっ」

生まれて初めて感じる激烈な快楽は、律の理性を吹っ飛ばした。

律は男が絶え間なく注いでくれる快感に溺《おぼ》れてしまって、ひっきりなしに恥ずかしい喘ぎを洩らしていることも、中途半端に達した自分のしるしから精液がとろとろとこぼれているのも自覚できないままでいる。

「あっ、あ……グレン……っ」

達きそう。もう駄目。そんな台詞を洩らしたのかもしれないが、思考はとっくにおぼつかない。自分を揺さぶる男のほうにおぼえず手を伸ばしていくと、指を絡めてしっかりと握られた。

「律、達っていいぞ」

言いざま強く突きこまれ、律は背筋をのけぞらせる。その動きで男のそれを締めつけたのか、汗の浮いた彼の顔が一瞬だけ硬くなる。

「あ……ごめ、なさ……っ」

無意識で洩らしたら、彼のまなざしが和らいだ。

「おまえは可愛いな」

彼はいったん動きを止めて、律が愛しくてならないように告げてくる。

「おまえに出会えて幸せだ」

実感のこもった口調は、律の胸をつらぬいた。

この世界での彼の生き方を知るたびに、どれほどの困難や理不尽さを嚙み締めてきたのかと思っていたから。

おそらくはこれまでたくさん心身に傷を負い。いまもまた律のために怪我をして。律は無自覚に溢れ出てくる涙で頰を濡らしながら、

「僕もあなたに会えてよかった」

絡めた指に力をこめる。

「あなたが好きです。大好きです」

「律」

グレンがこちらの指を持ちあげ、手の甲に口づける。

「愛している」

真摯なまなざしでそう言うと、ふたたび律動を開始した。

「ぼ、僕も……あ、あ……う、ああっ」

ゆるやかにはじまった男の動きはすぐに大きなものへと変わる。

自分のすべてがグレンのものになったいま、どんな刺激も律から陶酔を引き出していく。白い内腿を震わせながら、突かれ、穿たれ、掻き回されて。それでも律はただ悦《よろこ》びの声をあげるばかりだった。

いつの間にか男を奥まで受け容れて、視野がぶれるほど揺すぶられ、律は彼と身も心もひとつになりつつ悦楽の頂《いただき》を超えていく。

「あっ、ああっ、グ、グレン……っ」

刹那《せつな》に彼が律の身体を抱き取った。身を起こし、ぴったりと肌を合わせるその体勢は男を深くまで呑みこませ、律から思考と視力を奪う。

自分の軸からすさまじくほとばしる快美感、それと同時におのれの内奥に広がっていく滾る熱情。律がおぼえているのはそこまでで、その先はすべておぼろに霞《かす》んでしまった。


律がグレンの籍に入って一カ月。国王陛下の声掛けで王立騎馬警察が創設されたが、いまはまだ黎明期《れいめいき》ですることがたくさんある。グレンは長官に就任し、律も事務方の一員として組織の整備運営に努めていて、仕事は山盛りの状態だった。

しかし、本日はグレンも律も仕事は休み。今日はこれから王宮の門前で、サビーノの国に旅立つマリリンを見送るからだ。

マリリンが出立日を伏せるように手配したので、送る人々の数はさほど多くなく、律とグレン、マリリンの両親である男爵《だんしゃく》夫妻、それ以外はお付きの騎士に守られた国王陛下くらいだった。

「リッツ、元気でね。忙しいときだって、ちゃんと食べて眠るのよ。あんたはついつい自分のことを後回しにしがちだけれど、健康管理はしっかりね。あと、ラブラブの旦那様と新婚生活を楽しみなさい」

「うん。マリリンも元気で。寒いところらしいから、身体には気をつけて。手紙を書くから、そっちも忘れずに僕に返事を送ってくれる?」

「もちろんよ」

マリリンはこちらの世界で律が見慣れたピンクのドレスを着ていなかった。フリルもリボンもないシンプルなデザインの衣服とマント。丁寧に巻き毛をつくっていた髪は、後ろで無造作に束ねている。けれどもいままででいちばん綺麗な姿だった。

「彼のお屋敷では鳩を飼っているみたい。そのうち伝書鳩を飛ばすわ」

言って、マリリンが屈託なく「あはは」と笑う。

「スマートフォンが使えた時代が夢みたい。レトロっつうかなんつうか。だけど、こういうのも雰囲気あっていいわよね」

律にウインクしてみせるマリリンのすぐ背後には婚約者のサビーノの姿があった。荷物は馬車で運ぶから、サビーノは二頭の馬の手綱《たづな》を握って待っている。

決闘の一件後、マリリンはサビーノに転生者であることを話したが、彼は拍子抜けするくらいにあっさりとその事実を呑みこんでいたそうだ。彼いわく——聖女様を俺の妻に求めた以上、それくらいで驚いてはいられない。

この胆力抜群の男前が足を進めて並んで立てば、マリリンとは本当にお似合いで、眺める律はうれしさでいっぱいになる。

どうかふたりが幸せにと願う気持ちは本当で、それでも寂しさはぬぐえないから、その気持ちが声に出た。

「マリリン、これがお別れじゃないからね。いつかまたかならず会おう」

「そうよ、リッツ。あんたも遊びに来てちょうだい。いつでも歓迎してあげる」

言うと、マリリンは離れたところで見送っている相手のほうに声を張る。

「国王陛下。お暇《いとま》乞いを申しあげます。わたくし今日よりこの国を離れますが、約束どおり祝祭日には聖女の祝福をサビーノ様の屋敷からお送りします。ですので、その代わりの条件をお忘れなきよう」

すでにマリリンから手紙で教えてもらったことだが、自分の生家である男爵家は永年にわたって爵位と領地とを安堵されているらしい。自分が他国に移ったあとに両親たちが困らないよう陛下とは書面で契約するとともに、なにかあったらすぐに連絡を寄越すよう手筈をつけているのだった。

「お父様、お母様、いつまでもご健勝で。わたくしはサビーノ様と幸せになりますわ」

明るくきっぱりと宣言すると、マリリンは自分の恋人から渡された手綱を取るや、ひらりと馬に飛び乗った。

「またね。リッツ」

マリリンは微笑んでかるく手を振り、それから馬首をめぐらせる。

「またね。マリリン。僕らはいつまでも友達だから」

律は二頭の馬が門を出て、ふたりが完全に見えなくなるまで手を振った。

そのあとグレンにうながされて王宮を出て一緒に屋敷に戻ってきたが、一抹《いちまつ》の寂しさは胸の底にただよったままでいる。

マルガにお茶を淹《い》れてもらってサロンでぼんやりしていたら、互いの着替えのためにいったん離れていたグレンが姿を現した。

「彼女らしい潔い旅立ちだったな」

「はい。本当に」

律はこっくりうなずいた。

「親友がいなくなって寂しいか」

「それは……はい。だけど、マリリンが選んだことだし、僕ができるのは親友の幸せを祈るだけです」

グレンは「そうだな」とつぶやくと、ソファに座る律の隣に腰を下ろした。

「俺はあれから考えていたことがある」

ややあってからぼそりと洩らす。その声音の真剣さに、律は身構える気持ちになった。

「なにをでしょうか」

「俺は前世でおまえを助けようとした。もし、あれが間に合っていたのなら、どうなっていたのだろう」

「あのとき、もし間に合ったなら……ふたりは死なないで済んだということでしょうか」

話の行く先がわからなくて、律は戸惑いつつ告げてみる。グレンは曖昧に首を振った。

「そうかもしれないし、そうでないかもしれない。だが、そうだな、思いこみかもしれないが、俺にはひとつ確かと感じることがある」

「それは……？」

「前世で律と知り合えば、やはりおまえに心が惹かれていただろう。この世界で俺がそう思ったように」

「それって僕が」

律は胸が苦しくなるほど鼓動を速めて問いかける。

「冴えない公務員の昔の僕でも、かまわなかった？」

「ああ。俺が好きになったのはいまのおまえで、つまり中身はなにも変わらないのだろう。だったらどちらでもおなじことだ」

律が律であるのなら、前世でも転生後でも好きになってくれたと言う。こんなにも誠実な言葉を聞かされたおぼえはなく、うれしいけれども怖いような気分になった。

自分が彼のそうした気持ちに値するほどの人間なのか。その惑いはあるけれど、律にもはっきりとわかっている事柄がある。

「僕もあなたを愛したと思います。きっと、どの世界で知り合っても」

「律」

めずらしく彼が眸を揺らしながら、こちらの額に口づける。

そっと、とても大事なものにするように恭《うやうや》しいほどの仕草でもって。そして、そのあとでふいに口調をあらためて告げてきた。

「いいか、律」

グレンが真面目な顔で言う。思わず律は姿勢を正した。

「決闘騒ぎがあってから一カ月。俺の傷は完全にふさがった」

それはとてもよろこばしいことなので、律は素直にうなずいた。

「あ、本当ですか。よかったです」

「だからいままでセーブしていてすまなかったが、これで完全解禁だ」

なんのことか理解できずに、律は小首を傾げて問う。

「解禁、ですか」

グレンは「ああ」としかつめらしい顔つきで言ってから、ふいににやりと笑ってみせる。

「だからこれから試してみよう」

「えっ、ちょ、ちょっと」

律はあせってのけぞるものの、今度は待ってもらえなかった。

「んっ……う、んっ」

抱き締められて、思いきり濃厚な口づけをほどこされ、律はめまいを起こしてしまう。

思考力を飛ばしているうち、律の背中に回されていた彼の手はどんどんと下りていき、あらぬところに触れていた。

「あのっ、えっと、もしかして」

粟《あわ》を食ってつぶやく律の脳裏には、不穏な予想が生じていた。

セーブしていたが完全解禁。それはまさか、あちらの方面の話なのか。

「う、嘘だ」

最初に結ばれてから、それはもう毎晩毎回すごいのに。しかも、回を追うごとに激しさを増しているのは気のせいではないはずだ。

茫然としているうちに慣れた手つきで上着とシャツとを脱がされて、律はソファの座面の上に押し倒される。

「あっ、やっ、ちょっ……」

手足をばたつかせはしたのだが、うなじにキスをされながら胸の尖りを刺激されればもう駄目だ。

「あんっ、そ、そこっ」

この一カ月、さんざんにされた乳首は彼の愛撫をおぼえていて、少しさわられただけなのにぷっくりと起ちあがって律に快感を送りこむ。

「グ、グレン……っ。こ、ここで？」

ソファの上で本気の彼とセックスをする。それはかなりきついのじゃないだろうか。

不安が問いの形になると、彼は行為の手を休めずに「最初はおまえのペースに合わせる」と、やさしいようなそうでもないようなことを言う。

「ひあっ。あ……や、あ……っ」

けれども、男があたえてくる仕草を悦ぶ自分がいて、抗議の言葉は中途半端なものになったし、彼が額をこちらの額にかるく当て、

「おまえが可愛すぎるから、ベッドまで待てなくなった」

そんな台詞をささやくから、結局律はすべてを許さざるを得ない。

「グレン……っ」

呼び捨てで彼を呼ぶのは愛の交歓をはじめる合図。それが互いにわかっていて、口づけし合うその寸前までまなざしを交わし合う。

あなたが好きです、愛しいおまえが欲しいのだと言葉ではなく教え合い、ふたりは行為に没入していく。

「ああ……う、ん……っ、グレン、あっ、グレン……っ」

自分に触れる彼の仕草のどんなものにも感じてしまい、律は涙目になりながら快楽のうねりに呑まれる。乳首を少し痛いくらいに摘まれても、尖りを吸われても、嚙まれても、すごく気持ちがよかったし、いつの間にかズボンを脱がされ、露にされていた自分のしるしを握られても拒むどころか、期待に胸が躍ってしまった。

「あ……グレン……っ、も、もっと」

性器を扱かれ、後ろに這わせた男の指ですぼまりをいじられれば、愉悦の喘ぎが溢れ出す。いつの間にかこんなにもグレンを求める身体になった。彼に触れられ、指と唇の愛撫を受けて、押しひらかれるのを待ち望む器になった。

「グレン……好き……だいすきっ……」

そうして愛情という蜜液にたっぷりと浸しこまれた律の身体は、男の熱情の楔《くさび》で穿たれ、揺すぶられるたび悦楽の度合いを深める。

「ひ、あ……っ、あっ、あ……う、んんっ」

このひとのものになって、自分はこんなにも悦んでいる。

前世でも、転生後でも、きっと変わらずに好きになった、そう言ってくれるひとに。

「あ、あっ……愛、して……っ」

愛しています。そう言いかけたのが半端に途切れ、グレンがそれを拾って返す。

「ああ。愛してる。おまえだけだ」

つらぬくようなまなざしには、律への深い愛情と欲望とがふたつながらに浮かんでいる。

その光に圧倒され、痺れるような快感を浴びせられて、律はもう頭の先からつま先まで彼への想いでいっぱいになっていた。

好き。グレンが大好き。自分もきっと彼が彼であるのなら、どの世界でも好きになった。

「う……あっ、あんっ……い、いい……っ」

もうとっくにまともな言葉は紡げなくなっているから、せめて自分のこの身体で伝えたい。

あなたを誰よりもなによりも大切に思っていると。

悪役令息として転生したこの世界で、あなたを愛し、また愛されて、いつまでもともに生きていきたいのだと。

新婚初夜なので愛されまくってます

「おめでとうございます。グレンフォール様。リアン様」

「本当にお似合いです」

「リアン様ぁ。ご立派なお姿です。お美しゅうございます」

祝福の言葉が次々とふたりの上に浴びせられる。

律《りつ》は頬を紅潮させて、グレンと自分とを囲む人々を見回した。

この屋敷の執事に、庭師に、料理番。屋敷内の諸事をこなすメイドたちと、それを束ねるメイド頭《がしら》のマルガ。皆とてもうれしそうで、にこにこしながら拍手したり、手を振ったり。

若いメイドのなかにはその場でぴょんぴょん飛び跳ねている者もいる。

「僭越《せんえつ》ながら私からも、無事ご入籍のお慶《よろこ》びを申し上げます」

そう言ってくれるのはグレンが率いる自警団の副団長、アロイス。まもなく王立騎馬警察に生まれ変わる組織でも引き続いてグレンの片腕である男だ。

「どうぞおふたりのお幸せがいついつまでも続きますよう」

「ありがとう。みんな、本当にありがとう」

心からの感謝を込めて律は言う。

今日は律がグレンとの養子縁組をおこなう日で、正午に王宮から使者が訪れ、その者がたずさえてきた勅許状にふたりは署名をしたところだ。

それで公式に律はグレンの籍に入った。リアン・ロルフ・フォン・アンセルムとして侯《こう》爵《しゃく》令息の身分はそのままであるけれど、グレンフォール・フォン・ウンタースヴェルクの家族としても認められる立場になった。

「やったね、リッツ。結婚おめでと」

駆け寄ってきて律の両手を取ったのは、転生前から友達のマリリンだ。

「すっごく素敵。すっごく綺麗《きれい》」

真顔で言ってくれるから、律は無性に恥ずかしくなってしまった。

「あ。どうも、ありがとう?」

「やっだ。疑問符つけないでよ」

照れながら律が返すと、マリリンが磊落《らいらく》に笑ってみせる。

「その、白い衣装よく似合ってる。リッツの旦那《だんな》様のお見立てなんでしょ」

旦那様と言われてしまうと、さらに照れくささが増してくる。無言でこくこくうなずくと、マリリンは「だと思った」と朗らかに告げてきた。

「旦那様のは黒の礼服。それで、リッツのは真っ白でしょ。お互いがお互いを引き立てあって、なんていうか好一対って感じだものね」

「え。そう、かな。もしもそうならうれしいけど」

「そうに決まっているでしょう。自信を持って、ドーンのバーンでいきなさいよ」

マリリンらしいアドバイスをしたあとで、あらためて周りを見渡し、感心した表情になる。

「この祝宴の会場だけど、もしかしてリッツのアイデア？」

「うん。できるだけ格式張らない雰囲気で祝ってもらいたかったんだ」

王宮からの使者を迎えて、勅許状に署名をしたのは屋敷内の完璧《かんぺき》にととのえられた部屋だけれど、そのあとのお披露目《ひろめ》会は皆が気軽に参加できるものにしたいと思ったのだ。

だから温室を中心に集えるように、運んできたテーブルと椅子《いす》の配置を考えて、自由に料理や飲み物を取り分けられるかたちを選んだ。屋敷の庭師の心遣いで、各テーブルにはさまざまな彩りの盛花《もりばな》が飾られ、芳《かぐわ》しい香りが会場全体に広がっている。

「ガーデンウエディングって感じよね。こういうのもロマンティックでいいわねえ。アタシも真似《まね》させてもらってもいいかしら」

サビーノと将来を誓い合ったマリリンが言う。律は大きくうなずいた。

「うん、もちろん。それで、あの」

「なに」

「サビーノさんの怪我《けが》の具合は？　マリリンもあれから困ったことはなかった？　窓から抜け出して、怪我なんかしていないよね。国王陛下がいらっしゃって、あの場はまとめてくださったけど、実際に王宮に戻ってからなにか問題が起きたりはしなかった？」

グレンは大丈夫と請け合ってくれたけれど、やはり律は不安だった。

「まったく相変わらず心配性ね」

頬をゆるめたマリリンがなかなかのいきおいで律の背を叩くから、はずみで前にのめってしまった。

「万事オッケイ。問題なし。だからあんたもこんな日くらいは、ひとの心配より自分の幸せだけ感じていなさい」

さあさあ、あっちで旦那様がお待ちですわよ、とマリリンが主賓席のほうを示す。グレンがいるその席はテーブルの中央にひときわ大きな盛花が飾られていた。

律がグレンの隣に座ると、黒衣の男は皆に向かって、落ち着いた口調で語る。

「本日正式にリアンを俺の養子に迎えた。これからは俺の家族として、俺以上に彼を大切にしてほしい。俺ももちろんそうするつもりだ」

律は彼の台詞《せりふ》を聞いて、胸がいっぱいになってしまった。

今日からこのひとの家族になる。彼のいちばん近いところで、ずっといつまでも一緒にいられる。

感極まってしばし固まったままでいれば、目線でグレンからうながされ、律もおずおずと口をひらく。

「あの。僕はグレンさんの家族になれて、本当にうれしいです。でもそれはグレンさんをはじめとする皆さんのお力があればこそで。僕ひとりではとても、こんな……」

声が揺れてしまったのを、ぐっとこらえて律は続ける。

「いまでも夢じゃないかなって思うくらいで、僕は本当に幸せです。だから僕はこの世界で少しでも皆さんに恩返しができるように頑張っていきたいと思っています。その、不出来な僕ですが、今後はさらに努力していきますので、ご指導ご鞭撻《べんたつ》のほどなにとぞよろしくお願いします」

しゃべっているうちに、なにやら仕事先の相手に使うような台詞になった。なにかずれたことを言ったかと内心であせったけれど、そのあとで起きた拍手は温かな表情とセットだった。

「おめでと、おふたりさん」

マリリンが元気よく声を飛ばし、そのあと「誓いのキッスは？」とさらに言う。聞いて、律は頬を真っ赤にしてしまった。

「ぼ、僕はその」

「雰囲気が足りないって？」

じゃあこれで。言うなりマリリンがひらいた両手のひらに光を集める。そうしてそれを上に放つ仕草をすると、ポンッとはじける音がして、空中にピンク色のちいさなものがいくつも生まれた。

「わ、あ……」

最初破片と思えたものは間近で見ると花びらだった。しかも、えも言われぬほど芳しい匂《にお》いを纏《まと》う。それらが数限りなく降ってきて、地上にある人やなにかに触れたとたんにあえかに消える。

「はい。お膳立て」

その台詞は以前に聞いたような気がする。だけどいま見ているこれは、ひたすら甘く華やかで美しい。

「マリリン……」

胸を詰まらせながら、言いかけた律の唇が塞《ふさ》がれる。

そうして同時に男の腕に引き寄せられて、逞《たくま》しい彼の胸にいだかれる。

愛《いと》しい男の口づけに、律は恥ずかしさやためらいよりも陶酔感が勝ってしまい、皆の歓声を浴びながら花婿《はなむこ》の抱擁に身をゆだねてしまったのだ。

屋敷の庭に夕闇が迫ろうとしているこのとき、厚いカーテンが閉ざされた室内にはいち早く闇のとばりが降りている。

扉も閉ざされたこの部屋には外の様子は伝わらず、律は自分がこくりと唾《つば》を飲む音だけを聞き取った。

ふたりきりのこの空間。グレンは先ほどまで身に着けていた礼服の上着を取り、長靴も脱いで、くつろいだ格好になっている。

そうして律は彼の私室に入る前に、マルガによって新しい白い夜着を纏わされ、裸足《はだし》に繻子《しゅす》の部屋履きを履いただけでここに来たのだ。

「どうした、律。そんなところで」

ここに座れと、ベッドに腰かけているグレンが自分の隣を叩く。緊張しつつ律は彼にしたがった。

「その。今日は本当に素敵な日でした。皆さんが心から祝ってくださるのを感じましたし」

黙っていると猛烈に落ち着かないので、律は闇雲《やみくも》に話しはじめた。

「団の皆さんも来てくださってよかったです。マリリンにも、屋敷の皆さんにもほんとに感謝で」

夕方ごろから自警団の団員たちも交代で祝宴に参加しに来てくれた。日が暮れても食事が楽しめるようにとマリリンが会場のあちこちに光の玉を浮かべてくれて、実用にも役立つ幻想的な演出が宴に花を添えていたのだ。

「それから、あの」

言いさして、途中で律の動きが止まった。

グレンがこちらの背中に腕を回してきて、そっと引き寄せたからだった。座った姿勢で向き合って、

「大事にする」

漆黒の彼の眸《ひとみ》が真摯《しんし》な色を湛《たた》えている。それにいやおうなく捉えられて、律は深いまなざしを見つめることしかできなくなった。

「傷つけない。丁寧にする。おまえの嫌がることはしない。気持ちいいと感じられるように努める。だから」

「だから……？」

問う声も、律の眸も揺れている。心臓を鷲摑《わしづか》みにされたようで、息さえも苦しかった。

「もう一度おまえのすべてを俺にくれ」

このひとが好きだ。本当に大好きだ。欲しいのは自分もそうだ。このひとと繫《つな》がりたくてたまらない。

そう言う代わりに、律はみずから彼のほうに身を伸ばし、ささやき声で問いかける。

「もう一度だけ？」

瞬間、男の目が光り、あっと思う暇もなく律は強い男の力で抱き締められる。

「一度じゃ無理だ。何度でも」

蠟燭《ろうそく》の明かりだけが照らしている室内に、みだらな喘《あえ》ぎが洩《も》れている。

いまはすでに二回も達《い》かされ、身体中《からだじゅう》が痺《しび》れたようになっている。たっぷりと舐《な》め回され、尖《とが》りを摘まれ、舌で何度も弾《はじ》かれたピンクの乳首は真っ赤になって、息を吹きかけられただけで「あっ」とちいさな声がこぼれる。

もはや自分のどこもかしこもグレンが触れてしまっている。

せわしい呼吸に上下している胸も肩も、首も、背中も、両腕も、両脚も。ことに、律の弱い部分は何度となく攻められたから、乳首はひりひりしているし、うなじにも内腿《うちもも》にも口づけの痕跡が散らされた花弁のように残っている。

それに、恥ずかしい箇所ももちろん。男の手によって精を放った律のそれは、ひどく敏感になっていて、もう駄目だと思うのに彼の愛撫《あいぶ》でまたも力を得ようとしている。

「も……出ない、からぁっ」

「それならここだけ」

「あっ、や、やあっ」

もはや抵抗などできない律は簡単にうつ伏せにされてしまい、彼のほうに尻を突き出す格好にされてしまう。

「あ、んぁっ、あ、んんっ」

丁寧にひらかれていったそこは、男の指を難なく受け入れていく。

自分の内側を探られているその感覚は、いまだに慣れないものではあったが、不安と同時に開放感も確かにあった。

すべて見せて。明け渡して。それ以上を返してもらう。

恥ずかしいけれどとても濃密な関わりかたは、彼と自分とが交じり合っていくような陶酔感に満ちている。

「んっ、あ、う、ふぅ……っ」

「気持ちがいいか」

「あ、い、いい……っ、い、いっ」

何本か入れられた男の指が、内部でばらばらに動いている。掻《か》き回され、擦《こす》られて、押し広げられ。二度目に達く前にさんざん舐めつくされたそこはとろとろになっていて、指を出し入れされるときの痛みなどなく、むしろ物足りないくらいだった。

「グ、グレンッ」

「なんだ」

首をひねって、背後のグレンに訴える。きっとわかっているだろうに、あえて聞かれて言葉に詰まった。

「あ……そ、そこ」

「うん？」

これはわざとだ。意地悪だ。こちらがすでにのっぴきならなくなっているのはわかっているのに。腹を立てることもできずに、律は情けない声を出した。

「も、そこ……指じゃ、なく」

「うん」

言うのに彼はゆっくり指を動かす仕草をやめないでいる。こらえかねて、律はせつなく身をよじった。

「い、いれ、入れて」

腰をもじもじさせながら懇願する。それでも足りないかと言葉を継いだ。

「グレンが欲しい、からっ……僕の中に入ってきて」

すると、相手は「う」と洩らしてつかの間固まる。そのあと急に指が抜かれて、律はかすかな叫びをこぼした。

「あぁっ……な、なんっ……？」

思わぬことにびっくりしているうちに、身体の向きを変えさせられる。シーツを背に、仰《あお》向《む》けになった姿勢で、欲望に滾《たぎ》るまなざしの男を見あげる。

「あ……グ、グレン……ッ」

彼は応えず、律の両膝に手をかけるや、それをぐいと左右にひらいた。そうして、そこにおのれの中心を寄せてくる。

望んでいたものの昂《たか》ぶりを肌に感じて、ぞくっと背筋が震えたけれど、律はとっさに彼を制した。

「ま、待って」

グレンはいったん止まったけれど、両眉をひそめている。

「欲しくないのか」

おまえが願ったことだろうと言外に伝えてきて、しかし律は食い下がった。

「それはそうなんですけど」

「なんだ」

「これは入籍して初めての晩だから。その。実質で言うところの……」

ごくちいさな声で律は「初夜かも」とつけ足した。

乙女な思考をここで持ち出すのは恥ずかしいが、名実ともに彼とひとつになれるこれは最初の行為なのだ。

「だから？」

うながされて、律はグレンを見上げて告げる。

「あの……ふつつか者ですが、末永くよろしくお願いいたします」

すると、グレンは目を瞠る。彼の驚いた顔を見て、律はタイミングを完全に間違えたと気がついた。

いまさらだが、ふたりとも全裸だし、律はものすごい体勢でいる。

この挨拶をするのなら、もっと早い段階でするべきだった。

「す、すみません。おかしなことを」

自分は馬鹿だ。後悔と、したたかな自嘲の念に見舞われて、顔を両手で覆ってしまう。

けれどもその手の甲にやわらかな感触が押し当てられて、驚く気持ちとともに彼にキスをされたとわかった。

「……グレン?」

手は顔に置いたまま、そっと指をひらいてみれば、間近にあった真摯なまなざしとぶつかった。

「こちらこそ。ふつつか者だがよろしく頼む」

彼の言葉が律の胸に染みていく。

ああ本当に。自分はこのひとが……。

「好きです」

心の底からの言葉がこぼれる。

「あなたが好きです。すごく好き」

こんなにも誠実でやさしいひとを愛さずにはいられない。

グレンはわずかに眉を上げ、それから律が可愛くてならないように目を細める。

「俺もだ」

そうしてキス。軽く触れて、少し離し、互いに視線を絡ませ合う。

「今日からおまえは俺の伴侶だ。おまえのパートナーとして、大事ないとなみを続けていいか」

律はもう言葉にならず、うなずくかたちに頭を動かすので精一杯だ。

「おまえと迎える初夜をずっと待っていた。もうこれ以上は我慢しかねる」

熱っぽい息を吐くなり、グレンはあらためて律の両膝をひらかせた。

「あ……あ、あっ」

大きくて熱いものに身体の内側がひらかれていく。もうさんざんにやわらかくほぐされていた箇所は男の欲望を拒むことなく取りこんでいく。けれどもやっぱり圧迫感は相当で、律は一生懸命に男の剛直を受け入れる。

はふはふと息を継いで、なんとか収めたと思ったときに彼がささやく。

「痛くないか」

「ん。やわらかく、してくれてて……も、動いても平気です」

言うと、彼が律の背中に腕を伸ばして掬《すく》い取るように抱き締めてくる。

そうされると結合が深くなり「んっ」と声が洩れたけれど、肌がぴったりとくっつくと安心感に満たされた。

「律も俺に腕を回して抱きついてくれ」

動くから、と告げてから、グレンが腰を引いていく。

「あっ、や、抜けて……っ」

それに追いすがるようにして、律のそこがきゅっと締まる。直後に強く突き入れられて、短い叫びが転げ出た。

「あっ、あっ、あ、ああんっ」

彼は抜き挿しをほとんどせずに中に入れたまま掻き回してくる。しっかりと抱き合って、熱い肌が溶け合うくらいに。

グレンのそれは硬くて大きく、彼の行為で自分の内部がどこまでもひらかれていく。ちょっと怖くて、けれどもこのひとを溢《あふ》れるほどに感じられるのが心地いい。

「す、きっ……好き、だい、好き……っ」

腰をみだらに揺らしながら、思いの丈を懸命に伝えてみる。すると、彼は律の頬にキスをして、至近距離からこちらを見て言う。

「俺も好きだ。律が愛しい」

「あっ、あ、や……そんな、大きくっ」

内部で男の質量がさらに増した。あせって指摘してみても、グレンは悪びれることはなく腰の動きを大胆にしただけだ。

律は男にしがみつき、声が嗄《か》れてしまうほどに喘がされ、揺らされ、あちこちをいろんなもので濡らしながら、ふたりだけの濃密な時間に溺《おぼ》れた。

心も身体もどろどろに溶け合って、すがれるものは自分を愛する男しかいなくなって。

薄れていく意識の中で律が脳裏に浮かべたのは今日の祝宴で降り注いでいたピンクの花びら。

「グレン、グレン……ッ」

「律。愛している」

はらはらと限りなく落ちてくる記憶の花は、律の胸にも愛情という幸せを降らせてくる。

幻想の花と違って、いつまでも消えることのない確かな想い。

婚礼の夜。重ねた肌の熱さを分け合いながら、ふたりは愛と慈《いつく》しみに満たされて、ふたつの心と身体とをひとつにしていったのだった。

あとがき

こんにちは。はじめまして。今城けいです。拙作、「悪役令息なのに愛されすぎてます」をお手に取ってくださり、ありがとうございました。

このお話の世界観は、乙女ゲーム設定ありきのファンタジーでございます。いわゆる転生もの。ですので、現代日本で暮らしていた受けちゃんにとっては、この世界での生活は驚きと戸惑いの連続でした。そして、それをベースにした深い悩みも。

そんな受けちゃんに寄り添ってこの世界を生きていくのは作者であるわたしにとって、とても興味深い過程でした。彼と一緒に目を瞠り、あせったあまりに言葉が出ず、どきどきはらはら、そして温かなよろこびに身を浸し、うれしさとときめきに胸が痛くなるほどの情動をおぼえました。

彼は魔法を使えませんし、チート能力も持っていません。悪役令息の立ち位置なので、むしろマイナスからのスタートです。その彼が周囲からの助けもあり、こつこつと自身の居場所をつくっていく。これはたぶんどこの世界に飛ばされても変わらない、彼の少ないスキルのひとつなのかなあと思っております。

そうやって真面目に生きようとする受けちゃんですが、その反面、舞台がなにしろ乙女ゲームを基調にしているもので、素敵な衣装あり、華やかなイベントも各所にありで、作者としてはそのぶんだけ気分が上がってとても楽しく描けました。

しかも、主人公たちのキャララフをいただいたときにはテンション倍増し。表紙絵はとんでもなく麗しく、口絵も本文イラストもただ感嘆するばかりの素晴らしさです。

こんなにも素敵なイラストをお描きくださった石田惠美さま。繊細かつ豪華な筆致でふたりを飾っていただいて、本当に光栄でございます。マリリンもイメージぴったりで感激でした。

そして、このように素晴らしい装丁を見るにつけ、自分の作品は自身だけでつくりあげるものではなく、イラストレーターさまや、担当さま、書籍デザイナーさま、それにこの本にたずさわってくださったさまざまな方々のお力があればこそと実感します。いつも本当にありがとうございます。

末筆になりましたが、読者さまにも心からの感謝を。こうして数ある作品の中から拙作をお手に取ってくださればこそ、今城はお話を書きつづけていられます。今回のこの話の中で、どこかひとつでもお心に叶うものがあればと、それを願ってやみません。


そして最後に、非力ながらの一言を。

ここ数年で世界情勢が大きく変わっていきましたが、皆さま方のご無事とご多幸を衷心より祈っております。どうぞ幾久しくご清祥であられますよう。

✦初出　悪役令息なのに愛されすぎてます…………書き下ろし
新婚初夜なので愛されまくってます………書き下ろし

今城けい先生、石田惠美先生へのお便り、本作品に関するご意見、ご感想などは
〒151-0051 東京都渋谷区千駄ヶ谷 4-9-7
幻冬舎コミックス　ルチル文庫「悪役令息なのに愛されすぎてます」係まで。

幻冬舎ルチル文庫
悪役令息なのに愛されすぎてます

2022年4月20日　　第1刷発行

✦著者	今城けい　いまじょう けい
✦発行人	石原正康
✦発行元	株式会社 幻冬舎コミックス 〒151-0051 東京都渋谷区千駄ヶ谷 4-9-7 電話 03(5411)6431[編集]
✦発売元	株式会社 幻冬舎 〒151-0051 東京都渋谷区千駄ヶ谷 4-9-7 電話 03(5411)6222[営業] 振替 00120-8-767643
✦印刷・製本所	中央精版印刷株式会社

✦検印廃止

ISBN978-4-344-85043-9　C0193　Printed in Japan